手塚治虫を追え！

The Hunt for the God of Manga

太田隆二

東京図書出版

目次

手塚治虫を追え！　3

あかね雲残照　71

こずえを鳴らす風　129

手塚治虫を追え！

The Hunt for the God of Manga

二〇一六年八月十六日の朝日新聞夕刊に「手塚治虫が歩いた会津」という記事がある。手塚のデビュー七〇周年を記念して、会津若松市がゆかりの地で行うスタンプラリーを紹介するものだ。

その文中に「七五年に手塚と一緒に会津を訪れた娘のるみ子さんは、」という記述があるが、このとき、太田隆二《りゅうじ》も手塚治虫に同行していた。

同行というよりも、正確にいえば、会津に向かう手塚治虫を追いかけたのである。

1

一九七五年の春、出版社小学館の新入社員十四名はすべて男性だった。

新入社員研修は、各自の住まいの近くの書店へ派遣されて書店員を勤めた三週間を含めて、約五十日間続いた。

それを終えて、六月二日の朝、十四人は小学館ビル五階にある研修室で、人事課の松田守隆がそれぞれの配属先を告げるのを聞いていた。

この十日前に、人事課は十四人各自に希望する部署名をアンケート用紙に書かせていた。

その折、アンケートの説明をした松田は、「今年は総務部と営業部に数名が配属されるようだ」と語った。

希望して出版社に入った者が、総務や営業をやりたいとはあまり思わない。太田ももちろん編集部で仕事をしたいと思った。アンケート用紙は第五希望欄まであったが、余白部分まで使って、第十希望まで雑誌編集部の名前を書き込んでしまった。

松田はまた、そういえば、という感じで、「書籍編集部では、今年は新人を求めていないようだ」と漏らしていた。そこで太田は、とにかく編集部にもぐりこもうと思って、雑誌編集部ばかりを十も記入したのだった。

姓の五十音順の座席で太田の前に座る者たちが、次々と配属先を告げられる。「週刊ポスト」「ビッグコミック」「GORO」と、太田が希望した雑誌編集部の名が挙げられていく。はて俺はどこにと胸をざわつかせていると、

「太田隆二。第二編集部『週刊少女コミック』」

と告げられた。

ええっ、少女マンガ雑誌？　いったいなんで？　と目が点になった。しかし間をおかず残りの者たちに順次、配属先が告げられていく間に、マアとにかく編集部に入れたのだからよしとするかと気を落ちつかせた。

結局、十四名は全員、編集部に配属された。総務部や営業部に数名行くというあの松田の発言は、何だったのか。

松田は長年、雑誌編集者だったのが、数年前に総務部人事課に異動させられたと聞く。それが不本意だったので、間違いなく編集部への配属を希望するに違いない新入社員たちの不安を掻き立てて、内心ほくそえんでいたのか。

マンガ雑誌をまとめた第二編集部は、部員が五十人になんなんとする大所帯。そこに配属される太田ほか四人の新人は、人事課の大住《おおすみ》係長に引率されて四階にある部室に入った。小学館ビルの南側には共立女子学園が建っているが、その二十五メートルプールを見下ろす窓を背にして、部長の小西湧之助が座っていた。

大住に紹介された五人を、小西は部長席横の応接ソファーに座らせると、一人ひとりの顔と名、配属編集部を確認した。

「ビッグコミック」「ビッグコミック・オリジナル」「少年サンデー」「FMレコパル」に入る四人のあと、小西は、「おまえが太田か。『少女コミック』も希望していたよな」と笑った。

そうだった。アンケート用紙に九つも雑誌名を書きつらねて、もう望む編集部がなくなったあと、仕方なく第十希望として「少女コミック編集部」と書いたことを、太田は思い出した。その誌名は昔、五歳下の妹がいくつも読んでいたマンガ雑誌の一つとして記憶にあったものだ。

「雑誌編集部は忙しい。今日からもう残業することになると思うけど、朝は必ず九時までに来ること。おまえたちは七月一日まで身分上は仮社員。勤務時間は九時〜五時なんだからな。じゃ、それぞれの配属先に行け」

小西に言われて全員立ち上がると、窓の下に、プールに入ろうとする水着姿の女子中学生の群れが見えた。

「こら！　のぞいちゃいかん！　昔、共立学園から抗議されたことがあるんだ。それ以来、小学館のこちら側の窓には人が立ってはいけないことになっておる」

大住は五人を配属される編集部に連れて行った。

午前十時半。少女コミック編集部には編集長の飯田吉明しかいなかった。度の強い眼鏡をかけた痩身の中年男性だ。

大住から太田を紹介されると、「おお、よろしく」と口元をほころばせた。いい人らしい。

「おおっ、おまえが岡崎の電気屋の息子か」

いきなり背中の方から声が飛んできた。え、オカザキ？　デンキヤ？　なんでそんなことを知っているのかと面くらった。

副編集長で、「少女コミック」の月刊誌版である「別冊少女コミック」を一人で編集する山本順也だった。後に、萩尾望都《もと》、竹宮恵子、大島弓子ら「花の二十四年組」と称せられる人気少女マンガ家を育てた編集者として名を知られる男だ。

山本は太田と同じ愛知県岡崎市出身だった。この一千万都市東京の、一つの出版社の小さな一編集部で、どうして同郷人と一緒になるのか……。口に煙草をくわえた浅黒い顔の上は、近ごろあまり見かけぬ長髪のオールバックで、まるで時代劇で見る由井正雪の風貌だ。

山本はまた、太田の従姉の多恵子と高校が同級であったことも後にわかった。世間は想像以上に狭かった。太田の生家の家電販売店を知っていたことは少しうれしかったが。

午前十一時を過ぎた頃、「おはようございまーす！」と引き目で白シャツ、ジーンズ姿の男が勇んで入ってきた。一年先輩の山岸博だ。

「ギシちゃん、太田くんの指導、頼むよ。いろいろ教えてあげて」と飯田編集長から仰せつかった山岸は、「よーし、ではコピーのやり方からいこうか」と足早に太田をコピー機の前に連れて行くと、受け取ってきたばかりらしいマンガ原稿を猛烈な勢いでコピーしていった。

溜まったコピーと原稿をトントンと整頓しながら、「終わったらカウンターを確認して、使用枚数をここに書いておくこと」と言うので、どこに書くのかと太田がきょろきょろしていると、既に山岸は飯田の後ろのキャビネットまで小走りして移り、「ここが原稿をしまっておくところ。太田くんのスペースは僕の横のこのあたりかな」と告げるや、「ちょっとタンマ」と言って編集部から走って出ていった。

数分後に戻ってきた。どうやら小便を我慢していたらしい。忙しい男だ。

「で、一番大事なこと」

と山岸は言って、編集部を出て脇にある給湯室に太田を連れて行くと、

「ここで毎朝まずお湯を沸かし、それを編集部にあるジャーに入れておいて、みんなが出社してきたら、一人ずつにお茶を出すんだよ」

とのたまう。お茶くみか。これが新入部員の一番大事なこととときた。

昼過ぎまでに編集部員が三々五々出社してきた。太田が加わって総勢十一人。全員男だ。

他に学生アルバイトの星野くんが座る席の横に一人、女性が座っていた。二十四歳の太

田と同年齢くらいに見える。

「太田くん、こちら堀内恵子さん。うちで連載をもつマンガ家センセーだよ」と山岸が教えてくれた。

太田は、初めて少女マンガ家の実物を目の当たりにした。大きな目の下に少しそばかすが散っていた。薄化粧はナチュラル派だからか。化粧の時間がないほどマンガ家稼業は忙しいのか。

恵子は「週刊少女コミック」で四コママンガを二ページ連載していた。それだけでは食べていけないので、編集部に補助要員として雇われていたのである。ほぼ毎日のように編集部に通ってきて、読者欄や芸能欄、目次などの挿絵を描いたり、原稿取りに駆り出されたりしていた。

読者欄と目次は新入部員の担当である。山岸に言われて、今朝、印刷所から届けられていた読者欄のゲラ刷りを太田が恵子に持っていくと、一読後、目の前でさっさと鉛筆で下絵を描き、ペン入れを始めた。器用なものである。

挿絵を描いている恵子を上から見ていた太田の目に、ブラウスの胸元から乳房のふくらみが飛び込んできた。

太田の視線に気づいたかのように、顔を上げた恵子が太田をキッとにらんだ。あわてた太田は煙草を取り出して口にくわえると、逆さまだったのでフィルターに点火してしまい、ボッと燃え上がった。あわてふためいた太田は、自席にいそいで戻った。

2

週刊誌は忙しい。早くも翌日から校了が始まった。十本の連載と三本の読み切り作品、その他読み物記事を加えて総二百五十ページ強を二日間で校了するのだ。

新入部員の太田は、飯田編集長と副編集長の浅見勇が校了を終える深夜まで居残らされた。勉強のためだそうである。しかし、翌日も午前九時までに出社しなければならない。飯田や浅見らは午後出社である。

もっとも、十七時以降の労働は残業時間としてカウントされ、時間給は割増になるため、週刊誌の多忙な編集部員の残業代は、給与の二、三倍になるという。これはうれしい。

なんでも、隣の「週刊少年サンデー」で水島新司の『男どアホウ甲子園』を担当する長時間労働男、巻田義孝の先月の給料は四十万円を超えたそうである。本給の四倍に達する額だ。

校了の最終日に、太田は校了ゲラを読みながら船をこぎ始めた。睡魔との戦いに敗れて、机にごつんと頭を落下させた時、浅見が「おいおい」と叱咤する横で、飯田はニヤリと笑い、目の前の恵子は声を出さずに大口をあけて喜んでいた。

深夜に校了が済むと、この夜もタクシーで帰宅だ。

浅見は、「リュウちゃんの家は東中野か。おケイの家と同方向だから、彼女を送ってあげてくれ」と言う。他の部員と違って、なぜか浅見は最初から太田を姓でなく名で呼んでいた。若い部下に親愛の情を示しているのか。

タクシー伝票を切ってもらうと、おケイこと恵子と二人で会社の裏にずらりと並ぶタクシーの一台に乗り込んだ。

伝票に記載された行く先を見た運転手が、「氷川台から東中野ですか。先に東中野に行かなくていいんですね」と聞いてきた。

「はあ」と太田は答えたものの、「氷川台って東中野より遠いの？」と隣に座る恵子に尋ねた。上京してから二月《ふた》にしかならない太田には、「氷川台」という地名がピンとこない。

恵子は「練馬区です。東中野へはちょっと東京を大横断ですね」と答えた。どこが「同方向」なのか。浅見は管理職の立場からタクシー一台を節約したらしい。

発車した。やれやれとそっと溜息をつく太田の鼻腔に嗅ぎなれない匂いが入ってきた。

らかく包んだ。

恵子の香水のようだ。東京の大人の女の匂い。それは疲弊して座席に沈み込む太田をやわらかく包んだ。

翌日の夕方、今日は五時に帰るぞと決意していたら、外出している浅見から電話があった。

「いま、原作者の先生と扇屋に居るから、ちょっと来ない？」と言う。「オウギヤですか。えーと……」と答えると、「おケイが扇屋を知っているよ。一緒に来て」と言うので、恵子と二人で会社を出た。

古本屋が居並ぶ靖国通りと並行する、細いすずらん通りに扇屋があった。

浅見はテーブル席で四十代の丸顔の男と酒を飲んでいた。太田の顔を見ると、「吉川さん、これ、新入社員の太田」と吉川に紹介し、「八月から連載が始まる手塚治虫を担当します」と言い出した。

ええっ、新連載？　手塚治虫？　と太田はびっくり仰天した。この一週間は驚くことばかりの連続だった。いつの間にか太田を手塚の担当、いわゆる手塚番にすることを飯田と浅見は決めていたらしい。

浅見の隣席に座った太田は、驚きの余韻が鎮まらないまま口がきけなかった。浅見は吉川と話を続けたが、十分もしないうちに、「じゃ僕は今日はこれで。リュウちゃん、吉川さんのお相手をよろしくね」と言って、店を出ていった。

初対面で、吉川がどのマンガの原作を書いているのかも教えられなかった太田は、相手をしろと言われて困惑するばかりだった。浅見の退出は吉川にとっても突然のことらしかったのが、目を見開いた表情から窺い知れた。

ともかくまずは吉川に酒をつぐと、「太田さんも大変ですね」と吉川が話しかけてきた。大変なのは手塚番のことなのか、それとも新入社員を接待に置き去りにした副編集長のことか。太田は「はあ」と生返事しかできない。吉川も目元は微笑んでいるが、口は重たそうな印象だ。

太田はまた吉川に酒をついだが、はて、これからどんな話をしたらよいのか。どのマンガの原作を書いているのかと聞くのもはばかられた。オレのことを知らないのかと、彼の沽券《こけん》にかかわる。さらに吉川に酒をつぐ。これでは酔いつぶれてしまうぞ。

すると、吉川の隣に座っていた恵子が、「吉川さん。例の『ファラオの墓』の資料は見つかりましたか」と口を出した。「ああ、あれね」と吉川がうれしそうに返答した。

「あれ、やっぱり難題でね。かなり時間がかかりそう」

「そうでしょうね。私も大変だと思いましたよ」

二人の会話から、竹宮恵子が連載している『ファラオの墓』で、古代エジプトのある神器の絵を描くのに参考となる資料を、吉川が探しているらしいことが分かった。

吉川は別に『ファラオの墓』の原作を書いているわけではない。その資料探索を竹宮に安請け合いしたのが、あの浅見で、吉川は彼からその仕事を押し付けられたらしい。どうもこの副編集長はテキトー男のようだ。注意しよう。


一時間ほど三人で飲んで扇屋を出た。飲み代は浅見のツケにしておいた。吉川は「じゃどうもごちそうさまでした」と言って、御茶ノ水駅の方に去った。

太田と恵子は、まだ宵の口なので、タクシーでなく、電車で帰ることにした。

神保町《じんぼう》駅までの道すがら、太田は酒の座をとりもってくれた恵子の気遣いにお礼を述べた。そして、御茶ノ水駅に向かう吉川の丸めた背中を思い出して、

「吉川さん、大丈夫ですかね、資料」

「まあ締切まで見つからなくても、竹宮さん、何とかするでしょう。増山さんもついてるし」

「増山さんというのは？」

「竹宮さんのお友だち兼マネージャー兼アドバイザー。ずいぶんアイデアも出しているら

しいわよ」

少女マンガ家にはそばに色んな人がくっついているらしい。

神保町駅の手前に古めかしい喫茶店があった。

「ここ、『さぼうる』。神保町の有名な喫茶店」と恵子が教えてくれた。

誘われたのかなと感じた太田は、「じゃあちょっとコーヒーでも」

入ると、二階席もある大きな店だったが、木製のテーブルと椅子がぎっしり並んでいて、狭苦しい。一階の窓側の四人掛けの席が空いていたので、恵子と相対して座ると、ミニスカートだったことに気づいた。

「竹宮さんと増山さんのように、なぜか少女マンガ家には仲良しの女性がそばにいるの。高橋亮子さんにはおソメさん、風間宏子さんにはミマさんというように。仕事面だけでなく、生活上のパートナーになっていて、いわば人生の伴侶というような存在。作家だけでなく、そういうそばに付き添う人との付き合いも大事なことね」

恵子は少女マンガ家との付き合い方について色々と教示してくれるのだが、低いテーブルが膝と同じくらいの高さなので、コーヒーカップを手に取るごとに見える白い太腿に目がくらんだ。恵子の話はまるで頭に入らなかった。

3

いよいよ手塚プロを訪れる日が来た。

七月三日、「週刊少女コミック」で手塚治虫を担当する毛利和夫と編集長の飯田との三人で、太田は手塚プロのある富士見台に向かった。

池袋で西武線に乗り、三人並んで座ると、真ん中に座る毛利は文庫本を出して読み始めた。編集長や新入部員と会話をする気はないらしい。

同席する人間に気を遣わないとは、太田には理解できない対人作法の持ち主だ。新入社員研修でも、編集業のキモは人間関係をうまく築くことだと教わったのだが、このような人づきあいをする編集者でもやっていけるのか。

毛利は以前、「ビッグコミック」で手塚番だった。二年前に「週刊少女コミック」に異動してくると、こちらでも連載をしてくれないかと手塚詣でを続け、ようやくこの八月から四週間だけ執筆する返事をもらえたと、飯田が教えてくれた。

してみると、毛利は手塚と信頼関係を築くことができていたということか。この愛想のない編集者が、名にし負う大家とどんな話をかわせたのだろうか。担当という役割が、太田にはまだよくわからなかった。

その巨匠の担当を新入部員の太田にさせたのは、部長の小西だった。おれの経験では、原稿取りが人一倍苛酷な手塚番をすることは、年若い編集者にはとてもいい薬になる。あの修羅場を知ったら、もうあとは怖いものなしだ――と小西は言うのだ。

もっともそんな小西は、実は手塚番の経験がなかったのだが。小学館の元社員、佐藤敏章が二〇一八年に出したインタビュー本『手塚番／神様の伴走者』でばらされている。

手塚プロは西武池袋線富士見台駅から徒歩五分ほどの雑居ビルの二階にあった。二年前にアニメ映画の赤字で虫プロを倒産させてしまった手塚は、このビルの二フロアを借りて手塚プロを立ち上げていた。

毛利の後任の太田と申します、と応接室でマネージャーの松谷孝征《たかゆき》に挨拶したが、当の手塚治虫は顔を出さなかった。

この時、手塚は週刊誌に『三つ目がとおる』（少年マガジン）、『ブラック・ジャック』（少年チャンピオン）、『シュマリ』（ビッグコミック）、月刊誌に『ブッダ（仏陀）』（希望の友）を連載し、その合間に読み切り作品を発表していた。応接室の隣にある仕事場で、手塚はこれら作品のどれかの執筆に追われていたのだ。

毛利は松谷に新連載の執筆日程を確認した。九月三日発売の第四〇号から始まるので、前号に入れるカラーの予告カットは七月二十五日が締切日、第一回目の冒頭四ページのカラー原稿の締切は八月四日であることを、松谷はノートにメモしていた。

後日、太田はこの松谷ノートを彼の横から覗き見したことがある。ボールペンできれいに書き込まれる日程欄の上の方を見ると、文字と直線、矢印が黒と赤の鉛筆線で入り乱れて、すさまじい様相を呈していた。

七月半ばになると、「これからは毎日手塚プロに顔を出すように」と毛利は太田に命じた。

太田は他に担当を始めていた連載マンガ——大島弓子の学園ドラマ『いちご物語』と市川みさこのギャグマンガ『しあわせさん』、そして恵子の四こまギャグ『合点！　しょう子ちゃん』の打ち合わせや原稿取りの合間に、富士見台通いを日課とした。

大島弓子や市川みさこ、恵子らの場合と違って、太田は手塚治虫と顔をつき合わせて打ち合わせをすることはない。数誌の連載を掛け持ちする手塚は、担当者と打ち合わせをする時間もないほど、執筆に追いまくられている。手塚番は、手塚から原稿を押しいただくことしかすることはないのである。

自社の原稿をもらうためには毎日、顔を手塚に見せ、プレッシャーを与え続けなければならない。手塚プロの応接室には、講談社や秋田書店などの手塚番がいつも二、三人座って原稿を待っているのだった。

遅い梅雨明け宣言がなされて五日後の七月二十五日、太田は新連載の予告カットを、もちろん受け取れなかった。タイトルも決まらない。

八月一日の夜の十時ころ、応接室に座って原稿を待つ太田のもとに、浅見がデスクの武居俊樹を伴ってやってきた。

武居は、「週刊少年サンデー」の赤塚不二夫の連載マンガに、芥川龍之介の『鼻』の主人公のようなブツブツ毛穴のデカ鼻・引き目顔で登場する「バカたけい記者」で有名な男である。七月の異動で、「週刊少女コミック」に来たばかりだった。

浅見と武居が手塚の仕事机を訪れると、「ああ、武居さん！　アッハッハッハッハッ」と手塚は初対面の武居の顔を見て破顔一笑した。激烈に仕事に追われる手塚だが、赤塚マンガをちゃんと読んでいた。

武居もグブッグックックックッと、例の不思議な笑い声をあげた。なぜか武居は、口を閉じて歯を食いしばりながら笑うため、奇怪独特の音声が生じるのである。

そういえば手塚はいつも自画像に毛穴ぶつぶつの団子鼻を描いている。二人のいきなりの親近感は鼻のせいもあるのかもしれない。

とはいえ同じイチゴ鼻を持った有名編集デスクが、副編集長とともに陣中見舞いに訪れたところで、手塚の原稿が早まるわけではない。近くの大泉学園に住む武居は十分後には退散したが、浅見は応接室で待つ太田の横に夜中まで座っていた。

夜半、太田がついコックリと頭を垂れると、浅見はわき腹を突っついて、「先生も寝ていないんだ。担当が眠ってどうする」と叱り飛ばす。隣室の手塚の耳にも届くような大声で。

もっとも手塚に聞こえたところで、いま彼は「少女コミック」の原稿を描いているわけではないようだ。並行して描いている「少年マガジン」の『三つ目がとおる』の担当者がもうすぐ来るというので、そちらにやっきになっているはずだ。

午前二時。浅見は「じゃあリュウちゃん。がんばって」と言って引き揚げた。

やがて夏の夜が白み始める。太田は眠気を追い払うために、立って、応接室の中をぐるぐる歩いていた。

恵子の住む氷川台は、富士見台と同じ練馬区内にある。今日は家で『合点！　しょう子ちゃん』を描いていると、昨日の電話で恵子が言っていたので、太田は昼前に手塚プロを抜け出して、恵子のアパートに向かった。

太田が着くと、「いま最後の仕上げをしているところだから、ちょっと中で待っててください」と恵子は太田を部屋に招じ入れた。

三畳間に置かれた小卓の椅子に腰を下ろす。出された冷たい麦茶を飲むと、開け放たれた隣の六畳間の奥で仕事をする恵子の背中が見える。その左横の窓は薄い色の網戸になっていて、外に洗濯物が干されていた。恵子のブラジャーだ。

たまたま生唾がこみ上げたのを麦茶とともに飲み込んだ。

突然、ハッとした様子で恵子が立ち上がると、網戸をあけて、干し物を右の曇りガラス窓の方に寄せた。太田のゴクンという喉音が響いたのか。恵子にまた燃えさかる性欲を悟られてしまった。「もう、忙しい時に、このバカ」と恵子の背中が太田を叱り飛ばしていた。

4

手塚治虫から予告用のカットを受け取ったのは、八月七日の夜明けだった。もともと七月二十五日という締切日はさばを読んだ日付だったが、敵もさるもの積年の古強者《ふるつわもの》。原稿が落ちる寸前まで引っ張り、太田はまるまる四日間、手塚に張り付いた挙句のことだった。

新連載作品のタイトルは『虹のプレリュード』。「プレリュード」とは「前奏曲」という意味で、作曲家ショパンをモデルにした話らしい。

らしい、というのは、手塚はそれ以上のことを詳しく話してくれないからである。手塚の頭の中では、まだ人物や展開がしっかりと固まっていないのだろうか。

次号からの連載開始が心配になった太田だが、ともかく受け取ることができた予告用のカットを持って、急いで会社にもどった。

中身がわからないので、「巨匠・手塚治虫の新連載スタート！ ウィーンで奏でられる作曲家の恋と冒険！」と、いかようにも意味が取れる予告の惹句を書き上げ、カットと一緒に印刷所に送る手配をすませると、会社の七階にある仮眠室のベッドに倒れこんだ。

ところが、太田の感覚では一時間も眠らないうちに、毛利にたたき起こされた。

「大変だ、太田！　手塚さんがいない！」

仰天した太田に毛利が説明するところでは、昨日も予告カットが受け取れなかったことに業を煮やした毛利が、今朝、自宅から手塚プロに電話したら、誰も出てこない。あわててマネージャーの松谷の自宅に電話すると、松谷は手塚の自宅に尋ねてくれた。すると家人は、手塚は朝から外出したままだというのである。

太田が青い顔で編集部に行くと、浅見が「リュウちゃん、わかったよ。手塚先生はどうやら日比谷まで映画の試写会を見に行っているらしい」と教えてくれた。

日比谷の日劇までタクシーを飛ばした。日劇の入場口の前には、試写会を告知する立て看板が置かれていた。

〈アメリカで大ヒット！『ＪＡＷＳ　ジョーズ』特別試写会〉

試写が終わり、入口に出てきた人波の中に手塚を見つけた。

「先生！」と呼び掛けると、

「ああ、太田さん。いやあ面白いですねえ、スピルバーグ」

と返す顔はたいそう満足気である。仕事をほっぽり出して来たことに、何も悪びれる風ではない。

太田はつかまえたタクシーに手塚を押し込んで、富士見台まで飛ばした。ほとんど睡眠を取っていないんだけど、この映画をどうしても早く見たかったという手塚は、座るとすぐに眠り込んだ。

太田もたいそうな映画マニアで、スピルバーグ監督はデビュー作『激突!』を学生時代に観て、新人とは思えないスリリングな演出に感心していたが、最近の忙しさのせいでこの新作『ジョーズ』のことは知らなかった。

手塚はいつもの地獄耳でアメリカでの評判を聞きつけていたのだろう。彼の感想どおり、本作はわが国でも公開されるや大ヒットを記録することになる。

手塚の映画好きは有名な話である。ディズニーの長編アニメ『白雪姫』は五十回以上観たという。『白雪姫』を彼が初めて観たのは戦前の学生時代。本作は戦後も幾度か公開上映されたので、この五十回以上というのは累積数字だろう。

手塚はプロのマンガ家生活に入ってからも、ある年には洋画を中心に三百六十五本の映画を観たと自伝で述べている。つまり毎日一本見てまわったと言いたいらしい。

昭和二、三十年代の手塚にそんな時間があったのだろうか。当時から手塚は編集者に張り付かれ、追われていたはずである。仕事場のトイレの窓から脱出したという有名な逸話があるが、その時に彼は映画館に駆けこんだりしたのだろうか。

ともあれ映画を抜きにして手塚の創作は語れない。そしてその創作によって、日本の漫画は世界の「manga　マンガ」へと革新されたのだった。

「週刊少女コミック」に配属されて半年後、太田はマンガ以外に担当していた読み物ページにおいて、「一九七五年の収穫」と題する新年号の記事を企画した。この年の優れたマンガ作品を十本、評論家に選出してもらおうとするものだ。文学や映画の年間ベストテンなどという雑誌の企画に食傷していた太田は、マンガのベストテンというのは面白いのではないかと考えたのである。

編集会議では、うち以外の雑誌のマンガ名が並んでしまうと困ると浅見は難色を示したが、山岸が、少女マンガに限定せずに、ジャンルを問わずこの一年に発売されたマンガ単行本のベストテンにすればいいのではないかと発言し、編集長の飯田がそれに賛同した。

そのころ、あまた居る文芸評論家に比して、マンガについて専門的に論ずる識者はそれほどいなかった。鶴見俊輔や佐藤忠男がしばしばマンガ評を書いているが、前者は「思想の科学」編者の思想家、後者は映画批評家だ。ほかに副田《そえだ》義也や小野耕世の二人がいたが、副田は東京学芸大学教授、小野はＮＨＫ職員を務めていて、マンガ評論は彼らにとって副業の感があった。

ところがその頃、雑誌で名を見かけはじめ、小気味よいメディア批評を書いている呉智《くれとも》英《ふさ》は「マンガ評論家」を肩書としていた。これが本業らしい。彼なら目新しい作品選出をしてくれそうだ。

呉の連絡先を調べた太田は、電話番号の前に〈呼〉が付いていることに驚いた。電話をすると、大家らしきおばあさんが「クレさーん」と彼を呼びに行く声が聞こえ、時間がかかった。今どきこんな間借り住まいをしている物書きがいるんだと、元文学少年の太田は妙に感動した。

二日後、池袋の喫茶店において、このおそらく本邦初の「マンガ評論家」は太田の執筆依頼を引き受けた。その後の雑談で、呉は今後、日本のマンガは全世界に広まるだろうと予言した。

その四十年後の二〇一五年、太田がたまたま訪れた京都で、烏丸御池《からすまおいけ》にできたばかりの「マンガミュージアム」に入ると、世界中から寄せられた数多くのマンガ原稿が展示されていた。アメコミとは肌合いの異なる、日本独自の表現法によるマンガが世界各国で発表されているのを知って、太田は呉の予言が的中したことを知る。

今や日本発祥のマンガは、文学や映画と肩を並べる表現媒体となっていた。そのマンガの創始者、つまり「神様」が手塚治虫である。

5

　昨今、隆盛を極めるマンガについて、初めに手塚ありきと言われるゆえんは、彼こそが長編の「筋（ストーリー）漫画」を描き始めたからだとされる。

　実は戦前にも長編漫画は存在していたのだが、戦後、手塚が発表した長編漫画がそれらと違ったのは、コマを描くときの構図に映画的な技法——クローズアップや仰角、俯瞰などアングルの工夫を取り入れ、アクションシーンでは連続する人物絵に直線、曲線の動線を加えて躍動感をかもし出すものだった。

　また物語も、学生時代から手塚が耽溺した欧米映画のように、カットバック手法を取り入れるなど、直線的に進む日常の時空間を超えて、笑いだけでなくおよそ人間の抱く喜怒哀楽が繰り広げられるものだった。


　一九六六年に作られた米国のＳＦ映画『ミクロの決死圏』が大ヒットした時、テレビで『鉄腕アトム』を見ていた子どもの中に、設定も筋もそっくりなアトムの話があったことに驚く者がいた。

コアな手塚ファンからは、この『ミクロの決死圏』は彼の旧作マンガ『吸血魔団』の焼き直しではないかという手紙が、手塚の許に届けられた。ところが手塚は、既にこのハリウッド映画の盗用を承知していたのである。

そのころ、アニメの『鉄腕アトム』はアメリカにおいて『アストロ・ボーイ』というタイトルでテレビ放映されていた。「アトム」というのは米語では「おなら・屁」の隠語だと聞かされた手塚はびっくりして、『アストロ・ボーイ』という題にすることに同意したという。

その放映において、毎週送り出さなければならないアイデアに詰まったアニメ制作社が、手塚のマンガ『吸血魔団』を翻案し、『細菌部隊』という題のアニメにして、『アストロ・ボーイ』の一話として放映していたのだった。

実は『ミクロの決死圏』を製作した20世紀フォックス社は、この『細菌部隊』一編を映画に転用していいか、著作権はどうなっているのかをNBCテレビに問い合わせてきた。NBCは手塚の住所を知らせる返事を20世紀フォックスに送ったのだが、その後、手塚本人には打診することのないまま20世紀フォックスは映画製作を勝手に進めた。それを手塚は映画の公開後に知ることとなったのである。

だが手塚は、この無断転用を著作権侵害だと抗議したり、訴訟を起こしたりするようなことはなかった。自分の創るものが欧米映画の大きな影響のもとにあることを自認していたからである。

それどころか、日本のものをアメリカが真似したと痛快がっていたふしもある。アメリカに占領された戦後の息苦しい日本社会をサバイバルした創作者ならではの気概だろう。

創作者にもたらされる権利に特許や著作権があるが、しばしば訴訟沙汰にもなる著作権という創造者の権利について、手塚が鷹揚であったのは間違いない。

この鷹揚さは、映画の恩恵を蒙って今の自分があるということからくる謙虚さだけでなく、もともとの手塚の温厚な性格にもよるのではないかと、太田は今にして思う。

一九八九年の享年六十という手塚の早すぎた死後、米国ミュージカル『ライオン・キング』が手塚のマンガ『ジャングル大帝』を換骨奪胎したもので、著作権侵害ではないかと騒がれたことがある。しかし、この時、手塚プロ社長になっていた元マネージャーの松谷は、自分の作品がアメリカで真似されたことを手塚は天国で喜んでいるに違いないと言って、騒ぎをおさめてしまったものである。

手塚の温厚さは、太田に対する接し方からもうかがえた。手塚は自分の子どもほどの年齢差のある太田に対して、いつも笑顔で「太田さん、太田さん」とさん付けで話しかけていた。

『虹のプレリュード』の連載が始まるこの頃、手塚プロでいつも太田のそばに居たのが、「週刊少年チャンピオン」で『ブラック・ジャック』を担当する青木である。彼もこの春に秋田書店に入ったばかりの新入社員だが、ポーカーフェイスが人に無愛想感を抱かせる太田と違って、声をかけられると裏におどおど感がうかがえる笑顔を返す温和な男だった。もちろん手塚は、彼も「青木さん」呼ばわりである。

6

「少女コミック」の発売日は水曜日、「少年チャンピオン」は木曜日なので、手塚の原稿の受け取りをめぐって、いきおい二人はいつも手塚プロで同席するはめになっていた。

八月十日、遅れに遅れてきた新連載第一回の冒頭カラー四ページのために、太田は前夜から手塚プロに詰めていた。その横には青木が座っていた。生き馬の目を抜く、という言葉があるが、この日まで、この二人の新入社員は原稿の奪い合いでそんな修羅場に至るようなことはなかった。

ところが夕方、ざわめきが一階から階段を伝って押し寄せてきたかと思うと、二人の男を伴ったいかつい顔の四十男が手塚プロに入ってきた。秋田書店の壁村耐三である。「少年チャンピオン」の編集長を務める壁村は、かつて原稿の争奪戦で他社を蹴落とすことで勇名をはせ、伝説的な手塚番として名をとどろかせていた。

昔、原稿を取りに来た壁村に、「すみません、いま出来ました」と手塚が頭を下げて手渡した目の前で、「こんなもん、もういらねえよ！」と言って原稿をびりびりと破いてしまったことがある。その週、とうとう原稿が落ちてしまったのである。

以前、この逸話を青木から聞いた太田は、壁村は勇名というより蛮名だなと驚き、次週に使える原稿なんだから、なんてもったいないことをするのかとあきれた。また同じものを描かされるはめになった手塚はもちろんのこと、原稿上がりがさらに後ろに追い込まれる他社の編集者もいい迷惑だ。しかし壁村のような直情径行の人格にとっては、太田の抱くような思いはまるで姑息なものなのだろう。

太田にはほとんど手下を従えたヤクザに見える壁村は、開け放たれている応接室のドアから青木に目配せして、隣室の手塚の所に行くように命じた。

ところが、仕事部屋のドアを開けると、目の前に手塚が既に立っていた。「ああ、これはこれはカベさん！」と満面の笑みで、「おお先生、ご無沙汰してます！」と返した壁村一行を仕事部屋に招き入れた。

ものの十分もたたないうちに手塚と別れた壁村は、応接室に来ると、ソファーに座る太田を見て、「きみが小学館の今度の担当ですか」と尋ねた。

「はあ。『少女コミック』の太田です」と返した太田の正面に座ると、

「先生はいま、そちらのカラー原稿に取り掛かっているようですが、それが上がったら、うちの原稿にとりかかってもらいますからね」と宣告した。

「いえ、それはちょっと」と太田が気色ばんで、「あの、うちの発売日は水曜日なので、それは困ります」と抗議すると、

「発売日がうちの一日前なのは小学館さんの勝手ですよね」

と訳の分からないことを言いだした。それにむっとした顔つきの太田を見て、

「だいたい新参の少女マンガ雑誌ふぜいで、新連載を割り込ませるなんて、いい度胸をしてるな。先輩の雑誌に敬意を表して、原稿を譲るのが仁義というものだろっ」

と口調が野卑になった。仁義って、やっぱりヤクザか、この男。

唖然として返事をかえせない太田をにらみながら、「おい、青木」と隣で目を伏せてい

た青木を廊下に連れ出して、何か一言二言伝えると、そのまま壁村は手下二人と引き揚げていった。

翌日の夜、恵子が手塚プロにやってきた。

太田は前夜、担当する『しあわせさん』のネーム（コマ割りされ、吹き出しに台詞が書き入れられたラフスケッチ）ができたことを、作者の市川みさこから電話で知らされていた。太田は市川と会って打ち合わせをする時間が見つからないので、そのネームをコピーして恵子に持ってきてもらったのである。

ネームを読んだ太田は外に出て、公衆電話で市川と打ち合わせをした。応接室にもどると、恵子はソファーに座って待っていた。

今日の恵子は紺色のミニスカートの上に野球ユニフォームに似せたシャツを着ていた。中日ドラゴンズのユニフォームに似たデザインだ。

恵子は、昨年二十年ぶりに優勝したドラゴンズのエース、男・星野仙一にしびれていたのである。しかし太田は、愛知県出身の自分が熱烈な中日ファンであるのを恵子が意識して、激励にやって来たのかと勘違いをし、胸を騒がせた。

太田と入れ替わるかのように青木が手帳を持って部屋を出た。公衆電話をかけに行ったようだ。

すると、恵子は太田の横に移るや、目を伏せて顔を寄せてきた。

えっ何、ええっ、接吻？　ここで？　なんで？　と太田があわてると、「におう」と恵子がささやいた。「え？」と太田が聞くと、「太田さん、くさいですよ」と言った。

籠城三日目の今朝、太田は手塚プロのビルの前にある洋品店で下着と靴下を買って着替えてはいたが、シャツとズボンは替えていない。風呂にも入っていない。それがにおうのか。

「太田さん。お風呂屋さんに行って来たらどうですか。その間、私がここに居ますから」

と言う恵子の勧めにしたがって、太田は近所にある銭湯「富士見湯」に入った。

番台でタオルと石鹸を買うと、念入りに体を洗い、頭も石鹸で洗ってしまったが、汗くさいシャツとズボンはどうしようもないのでまた着たのだった。その後、この富士見湯に太田は幾度もお世話になることになる。

7

八月十三日。今日も太田は青木と応接室のソファーに座っていた。「少年マガジン」の『三つ目がとおる』を担当する講談社の編集者は三十過ぎの体の大きな男だが、つい先ほど原稿を受け取ると、太田や青木に挨拶することなくさっさと会社に引き揚げていった。

彼は、太田や青木のように手塚プロに泊まり込むことがほとんどなかった。それなのに、いつも原稿が上がる日にやってきて、三、四時間も座っていないうちに手塚から受け取っていく。もちろん「少年マガジン」の締切日はとうに過ぎているのだろうが、それにしても手塚に常時張り付くことなく原稿が取れることが、若い二人には不思議だった。

もしかしたら松谷マネージャーかアシスタントの誰かが、手塚の仕事の進捗状況をこっそり「少年マガジン」に連絡しているのではないか、と青木が言い出した。

そんなバカな話はないだろうと苦笑する太田に、いや、あの僕たちに対して態度のでかい講談社の担当は、松谷さんに袖の下でも渡しているに違いない、きっとそうだ、と息巻いてきた。

安直なＴＶドラマやマンガを見すぎてないか、大丈夫かと失笑する太田の前で、青木は疲労の度が過ぎたのかハイテンションになり、普段のおとなしさはどこへやら、いよいよ饒舌になった。

マガジンの講談社は僕の会社の五倍も社員がいるそうじゃないか。高給だから編集者も個人的に袖の下を用意することなんか屁でもないんじゃないの——妬みもまじって、青木の意気軒昂がすさまじくなった。

青木の話は昔の手塚番の逸話に及んだ。

ある夜遅く、手塚がピザを食べたいと言い出した。それを食べなければ原稿を描くことができないと駄々をこねるので、当時、ピザを作る店といえば六本木の「ニコラス」しか思いつけなかった担当編集者は、タクシーで六本木まで往復した。ところが待望のピザを受け取った手塚は、冷たいピザなんか食べられたものじゃないと言い放って食べなかったそうである。電子レンジのない時代の話だ。

この悲惨な編集者は秋田書店の社員ではないようだが、なんとも気の毒なことだと同情した太田は、おそらくこのピザ事件は手塚の時間稼ぎではないかと推量した。いくら温厚な手塚も、追いつめられれば窮鼠と化すのだろう。

もっとも太田はまだ、手塚からこれほどの無理難題を吹っ掛けられたことはなかった。十五分だけでいいから仮眠室で眠らせてほしいとか、今夜は家族の誕生祝いでパーティーがあるので、三十分だけでも家に帰らせてほしいと言って、手塚プロ専属の宇野という運転手に井荻にある自宅まで車を走らせたことがあった程度である。

手塚に張りつき続けることでは、一度太田が困ったことがあった。自動車の運転免許を更新する時間が見つけられないまま、とうとう手塚プロでその期限日を迎えてしまったのである。

電話で編集部に事情を話すと、太田が試験場まで更新に行っている間、手塚のそばに誰も居なくなるのはまずいということで、二年先輩の宮保《みやほ》が送られてきた。

急きょ駆り出された宮保が緊張した面持ちでマンガの神様の前に行くと、振り向いた手塚は、「ああ、それはそれは申し訳ないことです」と笑顔で頭を下げ、すぐに画稿に顔をもどした。

宮保は四十年近い編集者人生の中で、半日だけ手塚番を担当したのだった。

深夜のピザ事件のように、追い込まれたマンガ家が変貌するということは、太田は先月も、担当する大島弓子の部屋で遭遇したことがある。

大島は『いちご物語』の最終回の執筆がいつも以上に遅れていた。午前中から大島の仕事部屋に入った太田は、アシスタントの応援として恵子も連れてきて、

「今日の夜七時がデッドラインです。ここから一時間かかる製版所が、八時には工場の機械を止めると言うんです」

と告げた。

疲れた顔の大島は笑みを浮かべながらうなずいた。口数の少ない作家だが、話すときに目元、口元に笑みを絶やさない人である。

しかし午後三時を過ぎても原稿の上がる気配はない。

小さな音量でロック音楽を流している部屋で、もくもくと原稿にうちこむ大島の横顔を見ているうちに、太田はもうすぐ来日するデビッド・ボウイのことを思い出した。大島はボウイの大ファンだから、コンサートに連れて行ってあげるといいかもしれない、と飯田編集長が言っていた。

太田はボウイに興味はなかった。化粧する男は気味が悪いと偏見を抱いていたのだ。しかし、少女マンガ家は編集者と映画やコンサートに行くことを喜ぶぞ。ひきこもってマンガを描いてばかりいる彼女たちは男づきあいの経験に乏しいから、デート気分かもしれない、とこれも偏見交じりのことを副編集長の浅見も言っていた。

太田はあまり乗り気ではなかったが、二人の上司に言われたことを思い出して、彼女に声をかけた。担当になったばかりの作家の歓心を買うのは編集者として必要なことだろう。

「ねえ、大島さん。今度、ボウイのコンサートに行きませんか？」

大島は一瞬顔を上げてにこっとしたが、何も言わずに原稿描きにもどった。

「行くとしたら、早くチケットを予約しなければならないですね。いつ頃に行けますかね。

『いちご物語』のあとは、えーと、大島さんがすぐ取り掛からなければならないものはないですよね」

大島が口数の少ないのは、内気な性格ゆえのことだろう。それを慮ってこちらがリップサービスに努めれば、彼女はより心を開いてくれるにちがいない。太田はいよいよ言いつのった。

「八月というと、僕も手塚先生のことがあるのでなかなか予定が立たないんですが、でもなんとか大島さんのスケジュールに合わせますよ。だけど万が一ってこともありますからねえ。できれば大島さんも、二つ三ついくつか候補をあげてくれるとありがたいんですが。どうですかねえ」

「ああ、もう、うるさいっ！」

大島がどなった。

「そんなに行きたいんなら、柳田さんと行けばいいじゃないっ！」

アシスタントの柳田も、名を知らぬもう一人のアシスタントも、恵子も太田も、初めて聞く大島の怒声に凍りついた。君子は本当に豹変するのである。

青木が教えてくれたピザの逸話から、太田はもう夕飯時であることに気づいた。外出して食事をすることにした。

いつもは松谷マネージャーがいれば、そば屋から出前をとって手塚番の面々にふるまってくれる。だが、この夜、松谷は不在だった。

青木を誘うと、手塚プロに残ると言う。出し抜かれないかと少し心配になったが、それよりも太田は毎夜のそばやどんぶりに食傷していた。

富士見台駅のすぐ近くにある洋食店で好物のエビフライ定食を食べおえた。

急いでもどる途中、編集部に電話した。もう三日間顔を出していない。夏季休暇に入る社員が増えはじめたという会社の様子を聞こうと思ったのだが、電話に出た副編集長の浅見から怒鳴られた。

「おーい、リュウちゃん、いったい原稿どうなってるの？　さっきまで凸版印刷が編集部に来ていて、何とかしてほしいと大変だったぞ。今日は部長まで乗り出してきて、泣きつかれたよ。もう限界だ。何が何でも先生から原稿とりあげてこいっ！」

浅見の怒声に太田は驚いた。

まだ印刷所の社員がそばにいて、聞こえよがしに太田を叱ってみせたのか。しかしこちらの窮状はわかってるはずなのに、と浅見のパフォーマンスに恨みを募らせた。

手塚プロにもどると、青木の前に恵子が座っていたのでまた驚いた。自宅に帰る途中、陣中見舞いをする気が起きたそうである。

恵子はたくさんのショートケーキを持参していた。先生やアシスタントの分も買ってきたそうだ。

「駅前の不二家もおいしいけど、この店のケーキは自家製でもっとおいしいのよ」と太田の知らない洋菓子店の名を挙げた。

「今日はもうアシスタントも松谷さんもいないよ」と太田が告げると、「じゃあ、私もいただこうっと」と言って、ケーキを自分の前に一つ、太田と青木の前に二つずつ置くと、残りを隣室の手塚に持って行った。

甘党の手塚の歓声が聞こえた。ケーキを食べる時間に少しでも絵を描き進めてほしいのになと、吝嗇な思いを太田は抱いた。浅見に怒鳴られてから、募る疲労も手伝って、気持ちがすさんでいる。

恵子が持参した冷たい缶コーヒーも配られて、三人はケーキを食べ始めた。

応接室のテーブルは神保町の喫茶店「さぼうる」のそれと同じくらい低い。今日の恵子のスカートはまたミニだ。もしやと思った太田が青木の顔をうかがうと、ケーキをほおばる青木の横目と目が合った。

とたんに青木がむせた。やはり前に座る恵子の白い太腿に目を奪われていたらしい。

8

「太田さん。青木さん」

目の前に手塚が立っていた。

太田と青木はいつの間にかソファーで寝入っていたようだ。手塚の横に松谷マネージャーも来ていた。真夜中だ。

「どうにも我慢ができません。家族は皆、昨日から会津若松に行っています。僕もそこに行かせてください」

驚いた太田は叫んだ。

「そんなっ。先生、うちの原稿はもう落ちそうなんです。勘弁してください」

しかし手塚は、

「年に一度の家族旅行を放ったらかしにしておくなんて、一家の長として許せないことです。お願いします。原稿は向こうですぐに、必ず、仕上げます」

手塚の必死の懇願に、太田は青木と顔を見合わせた。午前四時を回っていた。こんな時間に、電話で飯田編集長や浅見副編集長に相談することもできかねた。浅見なぞ絶叫するだろう。

判断に窮した太田は、仕事や人生の正念場というのはこういう場面を言うのだろうか、と脳裏に「正念場、正念場」という漢字を反芻させていた。いや、土壇場というべきかな、おっと土壇場のタンはどう書くのだったか、と何かひと事のような感じがしてきたのが我ながら不思議だった。

神様は一度言い出したら退《ひ》かないだろう。こんな時間に同席している松谷の顔もそう言っていた。数時間前の饒舌とうらはらに、黙して語らない隣の青木は、太田がどう返事するのか見てやろうというような顔つきだ。

けっきょく太田は承諾してしまった。小学生のころ貸本屋に日参するマンガ好き少年だった太田には、マンガの神様の願いを突っぱねる度胸はなかった。

「ありがとう。わがまま言って本当にすみません！」と片手をあげて笑みを返した手塚は、どたばたと大慌てで支度をして、二十分後には宇野が運転する自家用車、トヨペットクラウンに乗り込んだ。

その後ろに、いつの間にか青木が手配していたハイヤーが待機していた。太田は青木の機転の早さに驚きながら、それに同乗するのを頼み込んだ。東北線の始発の電車はいったい何時だろうなどと案じていた太田は、青木の機敏さに感心するとともに、己の編集者としての手際の悪さを思い知らされて情けなかった。

午前五時。二台の車は会津に向かった。

「前のクラウンに追《つ》いていってください」とハイヤーの運転手に伝えた青木は、太田に説明を始めた。

僕も一緒に会津に行かなければならないのだろうか、と思って壁村編集長に電話で聞いてみたら、バカヤロウ、手塚のそばを離れるな。のんきに温泉につかっていられたら、目も当てられないぞ。「少女コミック」なんかぶっ飛ばして、『ブラック・ジャック』を描かせるんだ！　って怒られました、と頭をかいた。

太田のほうは、編集部の判断を仰がずに、勝手に会津行きを認めてしまったことに不安を抱き始めた。これで原稿の上がりがまる一日遅れてしまう。印刷所はギリギリいつまで待ってくれるのか。万が一、原稿を落としたらどう責任をとらされるのか——新人の太田にはわからないことばかりだ。

それに会津までハイヤーの料金はどれくらいするものだろうか。五万円？　十万円？　見当もつかない。いま、そんな持ち合わせがあるはずもない。

いやそれよりも、手塚一家はどこの旅館に泊まっているのか聞いていなかった。もしかしてクラウンがこちらの車を振り切ることはないだろうか。お抱え運転手の宇野ならそんなことは慣れたものかもしれない。手塚治虫が編集者から遁走した話はいくつも聞いた。見失ったら温泉街で彼の泊まる宿屋をどう探したらいいのか――夜の国道を北にひた走る車の中で、脳裏にさまざまな疑問が押し寄せ、悪夢がかけめぐり、太田は前のクラウンから目が離せなかった。

隣に座る青木は発車後すぐに寝息を立て始めた。いい気なもんだと太田は青木がうらめしかった。先ほどの機転を利かせた青木に対する感嘆の念は消えてしまった。

9

手塚治虫の一家は会津若松の東山温泉にあるホテルに宿泊していた。宇野運転手に振り切られることなく、太田と青木は同じホテルに入ることができた。

太田が心配したここまでの高額のハイヤー料金は、青木が負担してくれた。僕一人でも来るはずだったし、今後、小学館さんにはまだお世話になるでしょうからね、と青木は言うのである。

実際、太田は四週間の連載が済めば手塚番はお役御免だが、手塚は小学館ではその後もすぐ「少年サンデー」増刊号に載る読み切りが控えていたし、「ビッグコミック」では『シュマリ』が長期連載中だった。青木と小学館の原稿争奪戦は続くのである。

太田は青木にタクシー代のお礼を述べたが、考えてみると、青木とは原稿の受け取りをめぐって敵対関係に至りがちになるものの、それを離れれば、何も敵視する間柄ではないのである。大学を出て、社会の荒波に飛び込んだばかりの、いわば同輩だ。このとき、青木は損得勘定からの申し出をしたように言ったが、言葉の裏には太田に対する好意もうかがわれる。もっとも、そのような人情を見出して友情を育むような余裕が、当時の太田にはなかったのだが。

ともあれ二人は、ホテルで手塚が仕事をする部屋の奥にある六畳間をあてがわれて、日がな一日原稿が上がるのをジリジリと待つ身となった。

太田のカラー四ページと青木の『ブラック・ジャック』の活版原稿は、印刷所への入稿がどんどん限界に近づくばかりだ。大学を出て二人が飛び込んだ編集稼業とは、ひたすら待つことへの忍耐力の勝負なのだった。

隣で手塚が原稿に取り組んでいるので、青木と談笑したりするわけにもいかない。この間文庫化されていたのに気づいて買った遠藤周作の『わたしが・棄てた・女』が、太田のバッグに入っていた。

再読なのに、夕刻に読み終えると、また主人公・森田ミツのあわれな人生に泣けて仕方がなかった。どうしたのかとあやしむ青木の目が気恥ずかしいので、寝転んで天井を見上げているうちに、いつしか修学旅行の夜のことを思い出していた。

この東山温泉は、偶然にも、八年前の夏、太田が高校の修学旅行で会津若松の名所旧跡を見学した後に投宿した温泉地だった。

太田の母校、岡崎高校は、修学旅行をなんと高二の夏休み期間中に行っていた。この十年ほど前に、過熱する大学受験の対策に血道を上げる岡崎高校の進路指導部が、修学旅行で学期内の授業がつぶされるのを嫌って、夏休みの間に済ませてしまえ、と実施日を変更した——そのように生徒たちの間でげんなりと語り伝えられていた。

受験競争に狂奔するこの高校は、八〇年代に入ると、開成や灘などの私立高校に伍して東大合格者を輩出するようになり、公立高校のナンバーワンとして毎年、週刊誌に書きたてられるのだから、進路指導部の宿願やかなったりというわけだ。

こんな高校に入った太田は、思春期の真っただ中で、抑えきれない性欲と自我の肥大に苦悶していた。数学の授業で教師に指名されても躊躇なく黒板に正答を書くときは高揚するが、そのためには数学を苦手とする太田は毎夜ガリ勉をしなければならない。そしてはじけるような異性の肉体が行き交う教室は地獄だった。

口が重くなり、高二の春にクラス替えをして新しくなった級友の中にまだ親しい友を見つけられなかった。東山温泉の宿の晩ごはんのあと、一時間だけ許された温泉街への外出に太田を誘ってくれる友人はいなかった。

仕方なく太田は部屋にこもって、持参した『ツァラトゥストラ』をバッグから取り出した。そのころ中央公論社が華々しく刊行を開始した「世界の名著」シリーズの第一回配本だ。

しかし太田はニーチェがそこに書いていることが一から十までまったく理解できなかった。

本に挟まれた月報で、三島由紀夫が訳者の手塚富雄と対談していて、十代のころに『ツァラトゥストラ』を夢中になって読んだと語っている。太田には信じられなかった。

三島の頭の中はどうなっているのか。こんな天分に恵まれた作家が四年後に自裁することなどもちろん思いも及ばなかった。

そのとき、クラスのお調子者、槌谷勤が部屋のふすまをがらりと開けた。大広間に敷き詰められた幾十ものふとんの上で、ひとり寝そべってニーチェに頭を抱える太田の姿に仰天して、槌谷はすぐさまふすまを閉じた。孤独に煩悶するのを見られて、太田はみじめさに打ちひしがれた。

箱根から東京と四泊五日の旅をしてきた生徒たちは、最後の宿泊地のこの温泉では、名門校の質実剛健の気風もものかは、規律もゆるんできた。外出後は私服姿でロビーに集まり、談笑やゲームに興じていた。

そのうち男女が入り交じって、両手足を使ってボード上で倒れないようにするツイスターゲームが始まり、ホットパンツ姿に着替えていたクラス有数の美少女、大高清恵が大股開きになってしまった時は、居合わせた男子がみな息を飲んだ。

翌日の車中で、槌谷たちがその話で盛り上がっているのが聞こえた太田は、ゲスな野郎たちだとさげすみながらも、清恵のあられもない姿を見逃した無念さがこみ上げるのを抑えられなかった。

10

昼食の時間になると、手塚は太田と青木にも声をかけてくれた。手塚の家族が集まっている部屋に入ると、一同は広いテーブルを囲んでいた。

その真ん中に座していた手塚の父・粲《ゆたか》が、手塚の後ろに立つ太田と青木を睨みつけた。一家だんらんを壊す輩に立腹したのだろうか。

明治末、裕福な医家に生まれた粲は趣味に生きた男で、戦前に一度だけ会社勤めをしたものの、戦後は長男・手塚治虫の稼ぎの下で暮らす人生を送った。

この粲のことが、梅崎春生の一九六二年の短編『聴診器』に出てくる。

梅崎の十歳になる長男が学級新聞の企画として、近所の手塚家を訪問したことがあった。四百坪もある広壮な邸宅を手塚の妻・悦子に案内され、池のある大きな庭に長男たちが驚いていると、粲が出てきて、「池の金魚に餌をやったり、のんきに芝生に寝ころんで週刊誌を読んだりしていた」とある。騒がしい子どもたちを気にすることなく、早い隠居生活を楽しんでいたことがわかる。

太田が手塚を会津まで追いかけたこの一九七五年の翌年、手塚プロは練馬の富士見台から新宿の高田馬場に移った。粲は昼間、手塚プロにある一室に居を構えて、多忙な手塚にかわって、訪れるファンの話し相手をするようになった。

ファンの少女たちの間には、「お父さんファンクラブ」までできたという。彼が八十歳になる頃である。招かれざる客の太田と青木の同席に舌打ちをした東山温泉の時から比べると、粲もずいぶん丸くなったようだ。

太田と青木には手塚一家のテーブルから離れた小テーブルに食事が用意されていた。よそ者の二人が意識されるのか、一家は静かに食事を始めた。

息子の眞《まこと》が妹るみ子と何か言い合う声があがり、思わず太田はそちらに目をやった。また粲の険しい目とかちあって縮み上がった。

趣味人生を送ってきた粲には、年に一度の家族旅行にまでついてきた編集者がどうしても許せなかったらしい。このとき太田は、生の車海老がネタの寿司を生まれて初めて食べたのだが、その美味を味わう余裕はなかった。

夕刻、フロントから部屋に電話が入った。

電話に出た手塚が、「太田さん、電話ですよ」と声をかけた。恵子だった。いま、会津若松駅に到着したと言う。

恵子に会うために部屋を出ようとした太田は、手塚が寝そべって、水彩絵の具で原稿に彩色をしているのを見た。寝ころんでマンガを描くのは手塚の特技である。

鼻歌を歌っている。すぐ横で編集者に追い込みをかけられているのに、いかにも楽し気な様子で絵筆をとる神様の姿に、これは参ったなと、なかば感服してしまいながら部屋を出た。

フロントでタクシーを呼び、駅まで急いだ。

今朝、会社に電話して、会津に来ていることを報告したところ、驚いた浅見は、それなら台詞の写真植字やタイトル文字の版下を先に会社で用意しておけば、原稿が上がったとき、より早く印刷所に渡せるぞ、とアドバイスした。

そこで太田は、昼食の後、台詞と下絵の入った原稿を手塚から借りて、フロントでコピーしておいた。それを受け取るために恵子が東京から来てくれたのである。

駅に着くと陽はすっかり落ちていた。

駅舎の中に駆けて行ったが、恵子の姿が見えない。はてと戸惑っていると、「わっ」と小さく叫んで、恵子が背後から両手で肩をつかんだ。

驚いた太田は、汗でじとっと湿ったポロシャツの肩が恵子に不快感を与えたのではないかと恐れた。と同時に、己の裸身に恵子がじかに触れたような気がして、欲望も覚えた。

おどけた恵子の笑顔は口元に疲労をにじませていた。このままとんぼ返りさせるのも随分な話だと思った太田は、恵子を食事に誘った。手塚もそろそろ食事をとる頃だろう。しかし駅前には若い女性と食事をするのにこれはと思えるような飲食店は見当たらなかった。四ページのコピーを受け取るために東京からやってきた恵子を、太田は小じゃれた店でねぎらいたかった。

店を探して二人で歩いていると、クゥと恵子の腹が鳴った。お互い素知らぬ顔をしたが、歩みが緩くなり、やがて足を止めると、目の前は小さなラーメン店だった。

これはちょっと願い下げものだろうと思いながらも恵子の顔をうかがうと、

「わたし、ラーメン大好きです」

と顔を輝かせて言った。店探しに苦慮する太田を思いやったのかもしれないが、ラーメンが好きだと公言する恵子を、太田はかわいい人だと思った。

今夜中に東京にもどる電車を考えると時間もなかった。急いでラーメンをすすった。恵子を改札口まで送ると、振り返った恵子が、「太田さん、原稿、原稿」と叫んだ。うっかりしてまだ原稿コピーを渡していなかった。

あわてた太田がコピーを手渡すとき、一瞬、恵子の手に触れた。真夏なのにひやりとしていた。

息がつまって胸が苦しくなった。

「恵子さん」、太田は思わず声をかけた。

「え?」と恵子が振り返ったが、太田はなぜ声をかけたのか、何を言おうとしたのか、わからなくなった。駅舎の薄暗い灯りの中に恵子の白い顔が浮かんでいた。

何も言えないまま目を伏せてしまった太田に、恵子は「じゃ太田さん、がんばってください。みな待ってますよ」と笑顔を見せて、ホームに去っていった。

ホテルの一室で、アシスタントの手助けもない中、手塚が一人で四ページのカラー原稿を描き終えたのは、翌日の早朝であった。

手渡された画稿を見た太田は、「虹のプレリュード」というタイトルが手書きされていたことにびっくりした。手塚治虫はタイトル文字も自分で描く人なのだった。

いま、東京のデザイン会社でタイトル文字の版下を作成しているのは無駄になったわけだが、そんなことよりも、手で描いたりしなければその時間分だけ原稿の上がりが早まったのに、という嘆息が太田から漏れるのだった。

11

連載初回の、カラー原稿に続く活版原稿十六枚を手塚から受け取れたのは、八月二十二日だった。発売日の十二日前という肝を冷やした原稿上がりで、太田は「週刊少女コミック」で初めての原稿オチをやらかす部員になるところだった。

その初回の掲載号が発売された九月三日から数日後の朝、応接室に座って原稿を待つ太田に、手塚が声をかけてきた。

「太田さん。マーガレットで『オルフェウスの窓』が連載されていますよね」

と手塚が眉をひそめながら聞いた。『オルフェウスの窓』というのは、三年前『ベルサイユのばら』を大ヒットさせた池田理代子が、いま「週刊マーガレット」で描いている連載マンガである。

「『虹のプレリュード』を読んだ読者から、これは『オルフェウスの窓』の真似ではないかというハガキが来たんです。オルフェウスも男装の麗人の話で、あちらの連載が先に始まっているから、僕が真似をしたと非難しているんです。ねえ、太田さん、どうしたらいいでしょう。困りました」

手塚は憔悴した顔で太田の返事を待っていた。

『オルフェウスの窓』の連載が始まったのは今年の始め。四月に入社した太田が少女コミック編集部に配属され、手塚番になったこの真夏の頃には、物語は佳境に入っていて、〈男装の麗人が音楽学校に入って活躍する〉という出だしの設定が『虹のプレリュード』と同様であることに、太田は気づいていなかった。編集長の飯田や前の手塚番の毛利からもその指摘はなかった。

手塚の相談を聞いて、太田はうっかりしていた自分に恥じ入った。

しかし考えてみると、男装の麗人という設定など映画や舞台ではそれほど珍しいものではなく、『ベルサイユのばら』もそうだった。そもそも宝塚に生まれて、子どもの頃から宝塚歌劇ファンだった手塚自身が二十年前に描いて大ヒットした『リボンの騎士』は、マンガ史における男装の麗人物語の嚆矢ではないか。

そして何よりも太田は、一少女ファンの苦情に悩んで、これ以上手塚のペンが遅れることをいちばん恐れた。

「先生。そんなファンレターなど無視してかまわないと思います。少女マンガではよくある設定じゃないですか。大丈夫です。大丈夫です」

そうかなあ、と手塚は得心が行かない顔つきである。しかし、朝もやのたちこめる光さす部屋で、疲労しきったどす黒い顔で訴える太田の形相にただならぬものを看取したのか、手塚はすごすごと仕事部屋に戻っていった。

手塚ほどの大家が一少女の批難におろおろするのが太田には不思議だった。しかし後に、手塚治虫というマンガ家はひとの評判を異常なほど気にする人物だと、複数の編集者から聞かされた。

それに類したこととして、マンガ評論家の呉智英の言及がある。手塚の最終学歴は大阪大学付属医学専門部卒業である。これは戦時中、戦地に送る医者を急ごしらえするために大学に設けられた臨時的部門だ。それなのに、生前の手塚は、〈大阪大学医学部卒業〉という正確さを欠いた略歴が流布されても、それをいっこうに直そうとしなかった、と呉智英は指摘している。自分を飾ろうとする手塚の人となりを示す証左だと言うのである。

とはいえ、これはそれほどあげつらうことだろうかとも太田は思う。学歴ということでは、太田は入社以来、自身の高い学歴が話題にされることがしばしばあった。しかしそれは経済的に恵まれた環境で勉強できたがゆえの結果に過ぎないと、高校生の時に罹患したダザイ病患者の太田は思うのだった。

太宰治。青春期にマルキシズムの洗礼を受けたこの流行作家は、恵まれた出自を恥じ、昭和初期の格差社会において文運高まる世評に対して、「生まれてきてすみません」とうつむく含羞の人だった。

十代の太田はそんなダザイの姿に共感したのだが、そう考える太田でも、その学歴を知った人に顔を見直されるたびに、くすぐったい思いが生じてしまうのは否めなかった。そこから太田は、つくづく人間は自己顕示欲を抑えることのできない生き物なのだと思うのである。

手塚の人となりについての呉智英の辛辣な指摘も、まあ有名人も、男もつらいよ、ねえ寅さん、とまぜっかえせばよい程のことだと思いますよ、手塚先生。

マンガ雑誌では読者アンケートによって掲載作品の人気を測っている。『虹のプレリュード』の連載三回目が掲載された号が発売された九月中旬、初回が載った号のアンケートはがきを恵子が集計した。

人気ランキングの結果はほとんど最下位だった。その下位には短いギャグマンガと読み物ページしかなかった。意外な結果に太田は恵子と顔を見合わせた。

『虹のプレリュード』は、十九世紀、帝政ロシアの侵攻におびえるポーランドを舞台にする。主人公は、男装をし、早世した兄に扮してワルシャワの音楽学校に入学した少女。彼女がピアノのレッスンに精進しながら、ロシアへの抵抗運動に身を投じる青年音楽家と、パリに逃れて創作に打ち込もうとする若きショパンとの間で揺れ動く姿を描いている。ショパンと言えば、愛人の男装の麗人、ジョルジュ・サンドが想起される。『虹のプレリュード』の女主人公の造型はサンド像をヒントにしたのであろう。音楽界という題材は、クラシック音楽に通暁する手塚には手慣れた対象だ。

物語は、主人公と青年音楽家がロシア兵の凶弾に倒れ、祖国がロシアの侵攻に屈したことをパリで知ったショパンが、『革命のエチュード』の作曲に没我する姿を描いて幕を閉じる。

激動する十九世紀ヨーロッパを背景に、恋と冒険に生きる青春群像をドラマチックに展開するのは、いかにも男性作家ならではの力業である。綱渡りのような原稿取りにほとほと苦しめられたが、いくつもの連載の合間に短期間でこれを描き上げる剛腕には、太田は感服せざるを得なかった。

しかし、手塚番を離れた後、太田が分け入ることになった七、八〇年代の少女マンガの世界から振り返ってみると、この作品はロマンチックな甘美性に欠ける憾みがあったのかもしれない。

若い世代では、六〇年代から続いた政治の季節はあさま山荘事件をピークにして退潮の一途をたどり、七〇年代後半にはシラケ時代に入っていく。革命か恋か、政治か芸術か、という『虹のプレリュード』のテーマは、一九七五年の十代の少女ファンの心に響くものではなかったことを、人気アンケートの結果が示したといえよう。

かつて若き手塚や石森章太郎らが描いた時代と違って、この頃、少女マンガを描く作家はほとんど女性が占めていた。彼女たちが描くちまちまとした学園ラブコメディーを好む読者の心には、もうドラマチックな手塚マンガの魅力は届かなくなっていたということか。

人気度と作品の質の高さは必ずしも連動するものではない。しかし、プライドの高い神様手塚に、人気アンケートの無慈悲な結果などは伝えられるはずもなかった。

四週間の連載が終了した後、太田は飯田編集長、毛利と一緒にお礼の挨拶をするために手塚プロを訪れた。変わらず多忙な手塚は一度顔を見せただけですぐに仕事部屋にもどったので、太田たちは松谷マネージャーを外に食事に招いた。

レストランで座った松谷が、「『虹のプレリュード』の評判はどうでしたか」と尋ねてきた。太田はドキリとしてすぐに返答できなかった。

それを見た飯田が、「いやあ、もう大変好評でした。また先生にぜひご登場いただきたいと思っております」と、太田には心にもないことと思える返事をしたので仰天した。飯田の笑顔を見て、心穏やかに嘘を言うのがこの世界なのか、これがこれから学ぶべき大人の応対なのかと、編集者人生のとば口で太田は困惑したのだった。

12

翌七六年の春まだき、出社した太田に、恵子が相談したいことがあると告げた。ここでは何なので、ビルの地下にある喫茶店「トップ」で待っててほしいと言う。

いったい改まって何だろうと思いながらトップに入り、奥の席に座った太田が、もしかしたら恵子が春情のきざすままついに俺に告白をするのかなと愚かな妄想をふくらませていると、やってきた恵子はテーブルにどさっとマンガ原稿を置いた。

『ぼくのザッパー』というタイトルが書かれていた。今度、学年別学習誌に掲載する予定の新作で、事前に太田の意見を聞いておきたいという。なんだ仕事の話か、と太田は落胆した。

生まれた子犬が雑種のシェパードだったので売り物にはならないと愛犬家の叔父が言う

のを聞いた少年が、憐れに思って一匹譲り受けた。雑種のシェパードだからザッパード、略してザッパーと呼ばれる犬と少年は、近所で起きた誘拐事件を力を合わせて解決する。犬と少年の活躍をユーモラスに描く探偵ものだった。恵子にとっては初めての長編だ。よどむことなく読み終えられ、ストーリー物もこなせるんだと感心した太田だが、ユーモア表現にすこしパンチ力とか毒気が足りないのではないかと思った。

「たとえば、この犯人と疑われた男がそっとおならをして、近寄ったザッパーの鼻がヒン曲がってしまうところ。これってておもしろいのかなぁ」

太田が原稿を指さして言うと、

「嫌いです、太田さんのそういう皮肉っぽい言い方。おもしろくないならおもしろくないと、はっきり言ってください」

強い口調で恵子が初めて見せる怒りに、太田はたじろいだ。

翌月、学習誌に掲載された『ぼくのザッパー』を読んでみると、太田が喫茶店で見せられた原稿のままだった。

ところが小学生の読者には素直なお笑い表現が迎えられたようで、人気アンケートで上位に入ったことを学習誌の担当者から聞かされた。太田は、雑誌の読者対象が異なれば、マンガの表現に違いが生じてくるものだということに気づいていなかった。己の不明を恥じた。

やがて恵子は学習雑誌でいくつも作品を発表するようになり、「少女コミック」誌に寄稿することもなくなっていった。

この三年後、太田は異動した教育誌編集部で少女マンガ雑誌とは勝手の違う雑誌作りに追われるようになった。翌年、事業拡張を進める小学館は隣にあった土地に新しいビルを建て、教育誌編集部はその新ビルに移った。

生活する場が離れると、心も離れてしまうのが人の心の常なのか。いつしか太田は恵子のことを思い浮かべることもなくなっていった。

13

一九七五年から八〇年まで、太田が「少女コミック」編集部に在籍した五年の間に、「ララ」「ちゃお」「ＹＯＵ」など少女マンガ雑誌が次々と創刊されて、少女マンガ界は活況を呈していた。

少女マンガだけでなく、少年マンガ、青年マンガ、そして成年女性向けのマンガ誌の創刊も続き、八〇年代のバブル景気にわく日本の好況と軌を一にして、マンガ雑誌・書籍の売上げが出版社を支える時代に入っていた。

手塚治虫が少女マンガ誌に作品を発表するのは、七五年の『虹のプレリュード』が最後だった。青年マンガ誌に載り続けている手塚作品の面白さを太田はよく知っていたが、もう一度彼に「少女コミック」への執筆を依頼することはなかった。

手塚プロを訪れるのも、八〇年に創刊十周年を迎えた「少女コミック」の記念号のために、手塚から祝辞メッセージ入りのカットを受け取りに行ったのが最後だった。

その半月後の六月の暑い夜、太田は新宿までウディ・アレンの新作映画『マンハッタン』を見に行った。上映されている新宿三丁目の映画館「新宿文化」の前に来ると、太った大柄の男がこちらに歩いてきた。

手塚治虫だった。こんな夜更けに映画とは。

思わず太田が「先生!」と声をかけると、手塚はギョッとした顔を返した。

しかしこの小学館の編集者に頼まれたカットは、先日渡したはずだったことを思い出したのか、

「いやあ、ウディ・アレンはおもしろいですねえ。気が利いていて、最高です」

と笑顔で答えた。

太田も同じ映画を見るものと思ったのか。映画好きならいま見る映画はこれだろう、と信じているかのようだ。今が旬とばかりにブレイクした才人アレンの新作と聞いて、矢も楯もたまらずに駆けつけたに違いない。

しかしやはり出版社の人間に見られてはまずい時と場所だったのであろう。「じゃあまた」とすぐに映画の話をきりあげ、靖国通りまで小走りしてタクシーを捕まえにいった。五年前の『ジョーズ』試写会の時と同じあわただしさだった。

この頃の手塚は、翌年から刊行が始まる講談社の「手塚治虫漫画全集」にも追われていた。全四百巻というとてつもないボリュームの全集だ。相変わらず連載をいくつも抱えながら、漫画全集に向かうときは、昔の作品に対しても、今から見ておかしいと思うと描き直しをする始末だった。

そして手塚はやはりアニメづくりが人生の夢だった。趣味人の父、粲は昭和の初めでは稀有な家庭用映写機を持っていて、幼い手塚は家で動画を楽しんで育った。ディズニーのアニメに魅了されながら自己形成を遂げた手塚は、アニメ会社を倒産させて、三人の子どもを育てる妻の悦子に無一文となる恐怖を味わわせたのに、再びアニメ制作に乗り出した。

かつてマンガとアニメを掛け持ちして心身をすり減らす夫を心配した悦子に、「僕はアニメのためにマンガを描くのです」と語った手塚は、二年前に『バンダーブック』をテレビで、『火の鳥　黎明編』を東宝映画で公開するや、この年には『火の鳥2772』を制作した。

この『火の鳥2772』がラスベガスの映画祭でグランプリを獲得すると、手塚はアニメの海外進出に拍車をかけた。八四～五年には『ジャンピング』がザグレブの、『おんぼろフィルム』が広島そしてバルナの各国際アニメ映画祭でグランプリを獲る。

八四年は、かつて手塚の作るアニメ作品に否定的だった宮崎駿が『風の谷のナウシカ』を発表し、次いで『天空の城ラピュタ』『となりのトトロ』とヒット作を連発しはじめた時期である。

日本のアニメが世界市場を席巻する前夜となるこの頃、手塚はマンガとアニメに賭けた人生を最後まで駆け抜けていくことになる。

手塚が癌で没し昭和の終焉した年の翌一九九〇年、太田が手塚治虫を東山温泉まで追いかけたときから十五年後の七月、教育誌編集部に山本護《まもる》が異動してきた。入社以来二十年以上、ずっと学年別学習雑誌を編集してきた男だ。

山本の歓迎会で太田はたまたま彼と隣り合わせて座った。山本に酒を注いで話を交わしてみると、二人は馬が合うことがわかった。以来、山本も年下の太田を親しくリュウちゃんと呼ぶようになった。

八月に入ったある日、山本が太田を昼食に誘った。後にラーメン激戦区呼ばわりされる神保町で、半チャンラーメンの元祖として評判となっていた店に行こうと言う。

カウンターに並んで座り、教師相手の教育雑誌と子ども相手の学習雑誌とでは編集者の気質がどう違うかを話す山本に、

「そういえば山本さん、堀内恵子は今、どんなマンガを描いているのですか。実は昔、僕は『少女コミック』で彼女を担当したことがあるんです」

と太田が尋ねると、山本の表情が微妙に変わった。

「リュウちゃんもおケイを担当していたのか。いやあ彼女には驚いたなあ」

と山本は声を下げた。太田が怪訝な顔をすると、

「おケイはこの正月、亡くなったよ」

太田は驚愕した。

「自殺したらしい。信じられない話だよ。俺も昔、おケイを担当したことがあったから、浜松の実家に電話して、線香をあげさせてほしいと言ったんだけど、おケイのお母さんは、

もうあの子のことはほっといてください、と叫ぶばかりで、どうすることもできなかった」

　恵子は死んでいた。太田は混乱した。

「学習誌でおケイは連載がいくつか終了した後は、やがて読み切りがぽつぽつと続くだけになっていた。住まいも故郷の浜松に戻っていたらしいけど、まだあの若さだから、作品に行き詰まったとも思えない。死ぬなんてまったく理解できないよ。あちらで何かあったのかな。男とか」

　山本の話は続いた。注文したラーメンが出てきた。箸を取ってラーメンを口にすると、太田は東山温泉で恵子が「わたし、ラーメン大好きです」と言った夜を思い出した。

　箸を持つ手が止まり、ぼろぼろと涙を流し続ける太田に気づいて、山本は声を失った。

あかね雲残照

二十一世紀に入り、出版社の売上げでマンガの占める割合が特段の地位を占めるようになって久しい。世論をリードし形成する新聞でも、書評欄で新作マンガを取り上げ、マンガの動向を伝えるのは当然な時代になっている。

大学にマンガ学の講座が開かれ、その嚆矢《こうし》の地、京都で、少女マンガ界のレジェンド、『風と木の詩』の竹宮惠子が私立大学の学長に就いたりもした。今ではだれも驚かなくなったボーイズ・ラブだが、半世紀前、少女マンガ週刊誌でこれを真正面から取り上げて、世の母親たちから猛反発を食らった大家だ。

少女マンガといえば、一九七〇年代後半から八〇年代にかけて専門雑誌が続々と創刊されて、少年マンガ、青年マンガと肩を並べる一大分野を形成するようになった。

その始動期の一九七三年に雑誌デビューした笹尾なおこが、「当時、『これは少女マンガレベルだね』と編集者に言われるのは、否定的な評価だった」と、近著『薔薇はシュラバで生まれる』（二〇二〇年）の中で証言している。現今の少女マンガの隆盛ぶりから見ると夢のような話である。

一九七五年の春、出版社の小学館に就職し、すぐさま七月に「週刊少女コミック」編集部に配属された太田隆二だが、自分がそんな少女マンガが上げ潮に乗る渦中に飛び込んだことなど知る由もなかった。ただただ原稿取りに追われ、会社と自宅アパートとマンガ家宅の三角地点を右往左往し、疲労困憊《こんぱい》する毎日を過ごしていた。

十年後、太田が結婚式をあげた折の披露宴で、挨拶に立った彼の父親は、せっかく国立大学を卒業した息子が少女マンガ雑誌の編集をしていることが恥ずかしくて、とても人に話せなかった、と打ち明けた。会場から笑いが漏れた。

続けて父親は、三十歳を過ぎた息子から、教育雑誌の編集部に異動したことを聞いた時、心底胸をなでおろしたと語り、また笑いを呼んだ。

少女マンガとはとんと縁のない戦前生まれの男ならば、まあ仕方のない偏見かもしれないが、横でこれを聞いた太田のほうは、来賓にマンガ編集部の上司を招いていなかったので胸をなでおろした。

1

一九七八年、太田隆二が少女マンガ家相手の仕事に就いてから三年たった。

七月に新入社員が一人配属されてくると、第二週の編集会議で、編集部員が担当するマンガ家の変更が行われた。太田は山崎睦美という若い作家を受け持つことになった。

二日後、山崎がそれまでの担当者だった山岸博に呼び出されて小学館に来た。

音量を抑えたクラシック曲の流れるロビーで、太田は山崎と対面した。肩まで伸びた巻き毛のロングヘアーが後ろで束ねられずに横に開いていて、一見大柄な印象を与える女性だった。

クリーム色のTシャツにグリーンのカーディガンをはおったジーンズ姿で、あまり化粧をしていない。それどころか、起き抜けでそのまま来たようなぼんやり顔をしていた。

山岸が、「こちらが新しい担当の太田くん」と山崎に紹介すると、

「え、太田さんって、あのスミレちゃん？」

と目を見開いて大声を出した。横のテーブルで執筆者の中年男性と話し合っていた書籍編集部の金子成男が、眉をひそめてこちらをにらんだが、

「そう。スミレちゃんのモデルの太田記者！」

と山岸は鼻を鳴らして、金子にニンマリ顔をして見せた。

実は太田は、「週刊少女コミック」で連載されているたちいりハルコのギャグマンガ『ピコラ♡ピコラ』に出てくるアヒルの少女、スミレちゃんのモデルだと言われていた。

スミレちゃんは主人公・インコのピコラに恋しているのだが、異常なほど内気なために

その恋心を打ち明けられない。そんな彼女のメガネをかけたニキビ顔とイジイジひがみっぽい性格を見た担当の辻本吉昭が、「これって編集部の太田にそっくりだ」と作者のたちいりに伝えたので、以後、『ピコラ♡ピコラ』の誌面にスミレちゃん似の太田記者が登場するようになっていたのである。

人気ギャグマンガなので、会社の編集部を見学に訪れる「少女コミック」の読者ファンたちは、太田の姿を見かけると、「あ、太田記者!」「スミレちゃんだ!」ときゃあきゃあ騒いだものである。

描かれた太田記者

スミレちゃん

ほくそえむ山岸の顔を見て閉口しながら、太田は山崎に名刺をさし出した。

山崎がデビューしたのは三年前で、年は太田より五歳下。吉祥寺のアパートで独り暮らしだという。

先週の編集会議では、副編集長の浅見がご当地マンガの読み切りシリーズを提案していた。日本の各地を舞台にしたマンガを数人の若い作家に描いてもらう企画だ。

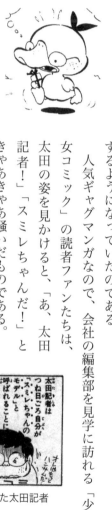

浅見は、数年前から国鉄（現ＪＲ）がキャンペーンをはっている「ディスカバー・ジャパン」をヒントにしたという。皆で議論して、シリーズのタイトル名は「夏到来！　さわやかディスカバー日本」と決まる。

国鉄の宣伝フレーズをそっくりモジッていた。まあ取材旅行で国鉄も利用するんだから、文句なんか言われないんじゃないの、と浅見はのんきに笑っていた。少女マンガ雑誌のシリーズ名など誰も気にしちゃいないだろうしね、ともうそぶいた。おいおい、その決定まで十人の編集部員が半時間、カンカンガクガクしたんですが。

山崎睦美は四国の愛媛県出身だということで、その読み切りシリーズの執筆メンバーに加えられていた。

ロビーでの初顔合わせで、太田からそれを伝えられた山崎は、出身の内子町を舞台にどんな話ができるか少し考えたいと言う。実は昨夜は原稿描きでほとんど寝ていないとも言うので、そりゃ大変だと太田は短時間で打ち合わせを切り上げた。

ロビーを山崎と肩を並べて出るときに、「オヤ、これは？」とにおいが太田の鼻をついた。山崎の髪が汗臭さを放つらしい。徹夜したというが風呂に入っていないのか。朝シャンという言葉がはやるのはもうすこし後年だが、ノーメイクでぼさぼさ頭とは……とんだ初顔合わせだった。

山崎はロビー前で太田に別れを告げると、エレベーター横にある公衆電話をとった。エレベーターの到着を待つ太田の耳に、山崎が「スズキさん」という名を告げるのが聞こえた。だが山崎は電話を切ると浮かぬ顔つきになり、そのまま横の階段を下りて去っていった。

2

太田が編集部にもどると、隣に座る山岸が、

「太田。今日はこれＯＫ？」

と右手で麻雀パイをつかむ手つきでささやく。太田はニヤリとしてうなずいた。

この頃、ちまたでは麻雀が空前のブームであった。マスメディアでは麻雀小説、麻雀マンガ、麻雀映画がいくつも作られ、プロの麻雀戦がテレビで放送されたりしていた。

太田たちも、仕事が終われば麻雀、時間が空けば麻雀、組合ストライキ中でもこっそり麻雀、という毎日だった。だが、少女コミック編集部では、編集長も副編集長も麻雀をやらない堅物なので、会社で麻雀の話をするのはご法度なのである。

約束した七時、会社の目の前にある麻雀荘「四季」に行くと、少女コミック編集部の山岸、後藤のほかに、顔は見知っているが名を知らぬ学習雑誌の人が座っていた。

麻雀が始まると、彼のことを山岸がトシオさんと呼ぶので、いくつか年上らしい。冗談ばかり言う後藤のダジャレにアハハと笑ってばかりいるが、自分からはほとんど口をきかない男だった。

十一時過ぎ、大敗して空っけつになった後藤が、赤坂まで飲みに行こう、と皆に声をかけた。麻雀の賭け金は無理だが、飲み代は接待費でけっこう落としているらしい。まだ会社も社員の経費請求にすこぶる鷹揚《おうよう》な時代だった。

だが後藤のやけ酒に皆は尻込みして、まだ電車がありますからとトシオ氏はエヘラ顔で言って去り、山岸と太田は隣の中華料理店「三幸園」でラーメンを食べるからと言って、後藤と別れた。

三幸園の席に座るなり、山岸は「ビール、大瓶！」と注文した。彼は去年、学生時代からつきあっていた女性と結婚したばかりの新婚だ。編集者は毎晩遅い帰宅だから、奥さん、驚いているでしょうね、早く帰らなきゃ、と太田が山岸に言うと、

「なに、もう慣れてるよ。長いつきあいだし」

と餃子をビールで流し込んで、平気な顔をしている。

「あのトシオさんも結婚、近いというぜ。もう三十二だし」

と続けて、トシオのことを教えてくれる。俊雄《トシオ》は五年前まで少女コミック編集部にいた男で、どうやら結婚相手が決まったらしいという噂が学習誌の編集部から届いたそうだ。

「トシオさんってさ、おとなしそうに見えるけど、少コミ時代にはマンガ家といくつもロマンスがあったって、後藤さんが言ってたな」

ロマンスって、いったいいつの時代の言葉か。山岸は小説家志望と聞くが大丈夫か。でも麻雀の間、にこにこ顔で後藤から勝ち続けた静かなる男トシオさんが、少女マンガ家とウワサされたとは。それも数人と……。人は見かけによらない。女性の前では豹変する君子なのか。


三幸園を出ると、タクシーに乗る山岸と別れて、太田は会社に忘れ物を取りに戻った。明日の朝、出社する前に担当するマンガ家、風間宏子の家に寄るのだが、その打ち合わせの資料を忘れていたのだ。

編集部に入ると、隣のプチセブン編集部の机で、松井智子が独り原稿を書いていた。女性誌や学習誌で原稿を書いているフリーライターだ。太田は、

「あした風間宏子さんと会うんだけど」

と智子に声をかけた。

「あ、よろしく言っておいてくださぁい。まだ原作は間に合ってますよね」

「うん。でもそろそろ次の原稿にとりかかっていただきたいんだけどね」

太田は風間の連載マンガ『おてんばエース』の原作を智子に頼んでいた。女子ソフトボールを題材にしたマンガだ。

以前から太田は、ちばあきおが「少年ジャンプ」で連載している『プレイボール』のような、ハラハラドキドキしながらクスッと笑わせる野球マンガを少女マンガでできないかと思っていた。折しもフジテレビが女子ソフトボールに注目してテレビ中継を始めたばかりで、この分野に風が吹いてきている。

そこで担当していた風間の新連載は、女子ソフトボールを舞台とすることにした。

だが風間はこれまで学園コメディーをもっぱら描いて来たマンガ家。スポーツ物に初挑戦して、はたして一投一打に緊張感がみなぎるようなゲーム展開を描けるかどうか、担当編集者として不安を覚えた。

その不安を解消するためには、緊密な試合展開を書き込んだ原作を用意すればいいのではないか。それによってストーリーがスリリングに繰り広げられることを太田は念じたのである。緊張の合間にお笑いギャグを挟みこむのは風間の得意芸だし。

運よく智子は、男顔負けの野球通だった。女子ソフトボールのこともよく調べ、遅れることなく原作を書いてくる。太田にはありがたい物書きだった。女子ソフトは少女マンガでは新分野だが、今のところ読者アンケートでも人気は上位グループに入っている。

「太田さん。いつ観に行きます、あの映画？」

「あ、『がんばれ！　ベアーズ』ね。うーん、今度の日曜日はどう？」

「はい。大丈夫です。わーい、楽しみっ」

太田は『がんばれ！　ベアーズ』というアメリカ映画に智子を誘っていた。落ちこぼれの少年野球チームを描いて大ヒット中のこの映画、何か連載マンガの参考になるかもしれない。

原作者に同行するのだから、この誘いは仕事なのだと太田は思っていた。この数年後に人気小説家となる林真理子が智子と日大で同級だったそうなので、この時、智子は二十三歳。京都生まれで、ボディはかなげだが言うことに芯が通る利発な女性だ。

連載『おてんばエース』をめぐって太田と智子が編集部で話しこむ姿を見かけるようになったので、山岸が「オオタぁ。トモちゃんといい雰囲気かもしてるねぇ」と冷やかしたことがある。「なぁにがカモシテルだ」と太田はちょっと憤然とした。しかしこの冷やかしが、太田に智子を異性として意識させることになった。

3

初対面から二日後、太田は山崎に電話して、何か話ができたか尋ねた。時代劇かウカイのどちらかかな、と山崎は答える。時代劇はわかるが、ウカイとは？山崎は、内子は古い商業の町なので、商家の娘と土佐の勤皇志士あたりとの恋物語ができるかも、という。また、隣町の大洲《おおず》は鵜飼いで有名だと教えてくれた。それを題材にした現代の話はどうだろうか、というのである。

よし、ではもっと話を詰めたいから、こちらに来てくれないかと太田が言うと、ちょっと今は家を空けられないので、神保町の小学館まで行けないと山崎は答える。えっ、どうして家を空けられないの？　と尋ねると、山崎は、ええ、あの、それはちょっと、と答えを濁して黙ってしまう。

太田は、じゃあ明日はどう？　と聞くと、やはり難しいかもと答える。「かも」って、いったい何が山崎の外出を邪魔しているのか。

渋る山崎に、では明日、山崎の住む吉祥寺で打ち合わせをしようと提案する。

太田は多数の作家を抱えてタイトに時間に追われる毎日。新人作家と打ち合わせをするのに、こちらが出向いて時間を取られるのは痛い。しかしそうも言っていられない。

とはいえ、いったいなぜ山崎は家を空けられないのだろう。

しかし若い少女マンガ家のプライバシーに詳しく立ち入ることには、太田の内心でブレーキがかかった。独り住まいのアパートの部屋を訪ねたりすることなど禁物だ。何せわが社には、（おそらく）そのあたりをうっかり（？）しくじって、ついマンガ家とワリない仲に陥り、結婚の足かせをはめられた先輩編集者が五指に余るからな。この時、太田は二十八歳。恋（と性）は熱望するものの、身を固める気は毛頭なかった。

ということで、短時間なら家を出られると山崎がのたまうので、吉祥寺駅の地下にある喫茶店「八千代」で会うことにした。

八千代はシートが百席もあろうかと思われるほど広い喫茶店。約束の時間を二十分も過ぎ、タバコを何本も吸って待つ太田の前に、山崎が小走りで現れた。まだ家をなかなか空けがたいのだろうか。

その詮索をしている時間もないから、さっそく打ち合わせに入る。

幕末の志士の話だというので、太田は龍馬や以蔵《いぞう》、また土方歳三らについて語った。以前読んだ司馬遼太郎の書いたものを思い出したのだ。だが、どうも山崎はぴんとこない顔つきをしている。

以蔵って誰ですか、と聞いてきた。土佐の名だたる暗殺者で「人斬り以蔵」と呼ばれた岡田以蔵。数年前、彼を勝新太郎が演じてヒットした映画『人斬り』も、山崎は観ていないそうだ。

太田は京都の学生時代、フジテレビ出身の五社英雄が監督をしたこの映画を観て、幕末の華やぐ京都を舞台に展開する黒澤明ばりの豪快な演出に胸がすく思いがした。

『人斬り』といえば、公開されたその一年後、三島由紀夫が市ヶ谷の自衛隊駐屯地で自決した時、この映画に出た三島の割腹シーンがあるというので、映画会社はただちに再上映を行ったことがあった。

無類の映画好きの太田だが、このとき強欲資本主義に邁進する映画会社のえげつない商魂には溜息が出た。こんな銭ゲバどもの現世に三島はつくづく絶望したんだろうな、と太田は思ったものの、つい四条河原町の映画館まで出向いて再見してしまったのだから、同類である。

時代劇の殺陣《たて》は、実際の武道の動きとは別物である。擬闘といわれて、画面に映えるように演出されたアクションだ。

『人斬り』では勝新ら役者の殺陣は、すさまじい擬音と相まって豪快、華麗なアクションの連続だったが、三島の立ち回りは道場で剣道を学習してきた者が演ずるガチガチの動きだった。さすがの剛腕監督も、四歳年上のノーベル賞候補作家を指導することはできなかったのか。

太田は二度目の観劇でも三島の殺陣の素人演技には辟易したが、切腹場面に来ると、虚構と現実がないまぜられて頭の芯がぎりぎりと絞られる思いがした。

この四十年後、生前の三島が「切腹ごっこ」を同好の士たちとしばしば行い、そのあと同性愛行為に及んでいたという暴露本が出た。

「行動するスター作家」三島由紀夫は、自殺をするのに、演説をぶったバルコニーから投身したりせずに、なぜ長官室内にもどって割腹する儀式を選んだのか。それは人生を思い通りに創り上げてきた小説家が、その終焉の姿も美しく形象したいという嗜好と執念のせいだったのか、とこの暴露本を読んだ太田は、永年の疑問が氷解する思いだった。

4

閑話休題（「それはさておき」と、三島は自著でこの四文字にルビを振っていた）。

カラー画面にこれでもかとばかりに血しぶきをぶちまけたこの映画の破天荒な魅力を、若い少女マンガ家に説いたところで通ずるはずもなかった。

以蔵の話はすぐに切り上げて、時代物の作劇について山崎と話しこむうちに、太田は、いくらマンガだからといっても、確かな実証を踏まえた上で想像力を羽ばたかせなければだめだ、と説いたりした。

本当は、そのような種類の歴史マンガもあるということにすぎず、太田が自分の好みに肩入れした決めつけなのだが、近年マンガ界を席巻してきた白土三平の「劇画」が太田の念頭にあったのである。

白土三平の劇画ってね、忍者の跳梁跋扈《ちょうりょうばっこ》、切った張ったが荒唐無稽に見えるかもしれないけど、唯物史観に裏打ちされた独特なリアリズムであって、すごい創作なんだ、と貸本時代からの白土を知るマンガ少年だった太田は、つばを飛ばさんばかりに話しつづけた。

そんな劇画について熱っぽく語る太田の剣幕に、山崎はすっかり気おされてしまい、どうも時代物は勉強が大変そうだなと思うようになってきた。

それに、このスミレちゃん呼ばわりされるヘン顔の新担当者は、わたしが思い描く時代劇とは違うものを求めているみたいだ。新風を吹き込みたいというよりも、何か少女マンガを勘違いししているんじゃないか。

真剣な顔つきを見ていると、勘違いと言ったらかわいそうだけど、少なくともわたしの作品のカラーではない。ともかく、この人、後々うるさいことを言いそうだぞ、きっと。

「時代物と違って、鵜飼いの話は、現代の中二の男の子を描くつもりなんです」

山崎は急に話題を転換した。

「大学を出たての女の先生が受け持つことになったクラスに、問題生徒がいて、彼との関わりの中で、先生自身も成長していくお話」

それを聞いた太田は、読者が十代の少女ということを考えると、問題生徒は女の子であるほうがいいんじゃないか、と言いはじめた。

実は、昨年まで「週刊少女コミック」で圧倒的に読者の人気をかちえていた高橋亮子の『つらいぜ！ボクちゃん』が連載を終え、三か月の雌伏の後、先ごろ『しっかり！長男』という連載を始めたのだが、読者アンケートの人気調査で予想外の低迷を続けていた。

この、少コミのエースの満を持した新連載が思いがけない結果を出していることに対して、先日の編集会議の終了近く、その理由を検討することがあった。

編集部員が各人各様、意見、感想を言いあう中で、こんな見解が出てきた。

今回の『しっかり！長男』も学園ラブコメとしての設定やストーリー展開は変わらず

おもしろく展開している。それなのに人気がもりあがらないのは、もしかしたら前作は主人公がボクちゃんと呼ばれる快活な少女であったのに比べ、今回は気弱な少年を主人公に据えたからではないか。気弱な性格は心やさしいということでもあって、必ずしも悪いことではない。それよりも主人公が少年であることが、読者である少女たちの感情移入を妨げているのではないか、という意見である。

そのとき太田は、なるほど、そうかもしれないと思った。

読者の心をつかむのは、主人公の思いや行動に読者が共感できるときである。一方、女子にとって男子の思いや行動はよくわからないところがある。そんな不可解な男子が主人公になって悩んだり喜んだりするのを見たとき、はたしてその姿は真実だろうか、現実の男子と同じものなのだろうか、と読者の心の共振に隙間が生じるのではないか。

もしも主人公にぴったり共感できた場合があるとすると、その主人公は男子の姿形をしているものの、実は女子の思いや感情でふるまっていたからではないか——あの会議で思いめぐらしたことがよみがえって、太田は山崎に、主人公は少女にしたらどうかと提案したのだ。

山崎は一瞬返答につまったが、

「うーん……、でも、女の子が鵜匠をめざすというのはちょっと現実感がないのでは？」

アアッとそうだ。たしかに、ご当地マンガで、あまりにそこの現実とかけ離れた設定にすると、話の展開が不自然にきしむかもしれない。マンガづくりの場数をそれなりにこなしてきた太田は素直に思い直して、山崎にうなずいた。

「ですよね、太田さん。じゃあ男の子が鵜を飼育しはじめ、立ち直っていく話に、若い女先生の恋愛をからめていきます」

読者は、担任教師の恋よりも十代の恋愛話のほうを読みたいのでは？　とも太田は思ったが、どうも山崎は女性教師の存在は譲れないらしい。自分と同年代の女性の恋に何か思いを託したいのかな……、太田がまた何か思案投げ首顔になったので、

「それよりも太田さん、鵜の世話って実際にはどうやるのか知らないので、早く取材に行かなければいけませんね」

と山崎が言い、来週の四国行きが決まった。太田は急いで鵜飼い取材の手配をしなければならない。

5

日曜日の夕方、太田は松井智子と『がんばれ！　ベアーズ』を観に行った。マンガ家の風間宏子も行きたがっていたが、今週の原稿あがりが遅れているので、そんな映画を観ている暇はないだろ、という口実を設けて、智子と二人で新宿の映画館に入った。

映画を観終わって、太田は智子を食事に誘った。歌舞伎町のステーキハウスに入る。近頃、ワインがはやり始めていたので、注文してみた。

店員がワインリストを差し出した。

太田の知らない名がずらりと並んでいる。あわてたのを智子に気づかれないよう、太田がうつむいて目を通していると、メドックという聞き覚えのある名を見つけた。その赤を頼んだ。肉料理には白ではなくて赤ワインと本には書いてあったな。

「意外にも辛辣《しんらつ》というかシビアな味付けのコメディーでしたね、映画」

と智子が言うので、太田は、

「そうだったね。わが愛するウォルター・マッソーが主役だというから、『おかしな二人』みたいな爆笑映画を期待していたら、裏に深刻な家庭問題を抱えていて」

「もうしばらく前から、アメリカでは離婚とか家庭崩壊が映画や小説で取り上げられてきたけど、やっぱり深刻な現実を反映しているんでしょうね」

「それをスポーツで笑わせてしまおうというのも、またすごい。毎日の重い現実を笑いで吹き飛ばせ、というのかな」

「それともう一つ。テイタム・オニールがとってもかわいい」

「そうそう。男勝りのキュートな女の子！」

映画も少女マンガも、主人公の少女はキュートであることが一番、という話で盛り上がり、太田はワインのグラスを空け続けた。

日本酒やウィスキーに比べて、ワインは口当たりがよい。太田は自分が酒に強くないことを忘れていた。二人でボトルを一本空けた。

食事後、新宿駅に向かう途中で、目に入った喫茶店に智子を誘った。もっと彼女と話を続けたいと気分が高揚していた。

コーヒーを飲みながら話題はいくつもいくつも出てきた。突然、太田の目が回り始めた。これはいかん、とトイレに駆け込むと胃の中のものを余さず吐いた。太田はトイレの床にくず折れた。

ドアをドンドンたたく音で目を覚まし、膝をついたままどうにかドアを開ける。智子が口を開けて立っていた。太田が真っ青な顔でトイレに走ったまま、いつまで経っても出てこないので心配したのだという。

ふらつく太田の腕を取り、智子は靖国通りにもどってタクシーを拾った。

朦朧《もうろう》とした太田の指示に従って東中野の神田川沿いにある木造アパートに着くと、太田は玄関前にある置石に座りこんでしまった。大丈夫、大丈夫と太田が言い張るので、そのままにして智子は車で去った。かくして智子との初デートは無慈悲に散った。

6

翌週、太田は大洲市の役所に電話して鵜匠を一人紹介してもらい、その人とコンタクトをとった。近藤さんといって、農業をしながら鵜を育てているそうだ。

旅行ガイド本で見つけた大洲の宿を予約してから、太田は四国に向かった。山崎は久しぶりに実家に顔を出したいというので、太田より二日前に東京を立っていた。

大洲に着き、宿に一泊した翌日、太田が玄関で山崎を待っていると、昼過ぎに山崎がやつれた顔つきでやってきた。

「ムツミ！　睦美じゃないの？」

とフロントにいた女性が大声を出した。彼女を見て、山崎の顔が輝いた。

「マサコ！　あんたここで何してんの？」

「仕事よぉ。学校出てからここに就職したのよ」

山崎の中学の同級生、岩月雅子だった。山崎は中学を出ると、東京に出てデザイン専門学校に入り、卒業後に「週刊少女コミック」でデビューした。

雅子がフロントから身を乗り出して、

「あんた、東京でマンガ家になったって、ほんと？」

「ほーじゃが。今日もこれからマンガの取材」

「えーっ、シュザイ！　……って作家みたい」

「作家ですよ。センセイです」

と太田が割って入った。八年ぶりに会った二人が話し込みそうな雰囲気だったので、山崎をうながして宿を出る。近藤氏との約束の時間が迫っていた。

山崎は昨夜はネームづくりでほとんど寝ていないという。やれやれこれでちゃんと取材できるのかよと太田はいぶかったが、同時に、早くもネームづくりに取りかかっているのは感心感心、と内心ほくそえんだ。

午後二時、二人で近藤さん宅を訪れる。家の裏の鵜が飼われている小屋で話を聞きはじめた。

五十近いと思われる日焼け顔の近藤さんは、出版社から取材を受けるなんて初めてのことだという。話しぶりは訥々《とつとつ》として滑らかでない。もっともおかげで太田の不慣れなメモ書きも追いつけるのだった。

鵜が成長して鵜飼いデビューするまでのあらましや苦労話がいちおう聞けた。何か失敗談はないかと尋ねると、そくるなんて、なんゆうとん、と笑いながら否定した。

失敗することを「そくる」と言うらしい。マンガの取材だというから、自分のことをおもしろおかしく描かれるのを恐れたのかもしれない。もっとも近藤さんがマンガに登場することはないと思うが。

話を聞き出している間、山崎は横でスケッチも続けていた。何かほかに聞きたいことが？　と太田が目顔で尋ねると、「ええ。もう十分」とうなずいた。

時間を取らせたことを詫びながらお礼の言葉を述べた太田は、鵜や小屋の内部を写真に撮った。

小屋を出ると、母屋の縁側でお茶を出された。

太田は手土産の一つも持ってこなかったことに気づいて、赤面した。一般の人の家を訪ねるのだから、それくらいは気遣うべきだった。隣でみかん味のまんじゅうをもぐもぐと食べている山崎の顔を眺めて、俺は社会人として未熟だと思った。

近藤家を出ると、鵜飼いが行われる肘《ひじ》川まで行き、太田は写真を撮り、山崎はスケッチをした。

最後に、取材旅行の記念にと山崎の姿を撮ってやった。麦わら帽子をかぶった白シャツ姿の山崎がポーズをとってカメラに微笑む。背後でほとんど落ちた夕日が、雲をあかね色に染めていた。

7

その夜は、山崎も太田と同じ宿に泊まった。

「太田さんの隣の部屋にしました」とフロントで雅子が笑顔で言った。

部屋に夕食が運ばれてきた。おや部屋食なんだ、と太田は思ったが、なぜか二人分の食事が並べられた。

山崎が部屋に入ってきた。雅子がドアから顔をのぞかせて、

「お食事も、食堂より二人きりのほうがいいっしょ」

と言って、山崎の目を見てニヤリとする。

山崎は「ええかげんしとき、雅子」と言って手で追い払った。同級生は何か勘違いしているらしい。

席につくと、頼んでいないビールも雅子が持ってきた。

「お疲れ様でしたぁ。編集さんも大変ですねぇ」

と言って二人に注ぎ、山崎の手を軽くたたいて、

「あんたもがんばってなもし。後はお二人でしっぽりと」

と言って退出した。何がしっぽりなのか。勘違いして友にエールを送っている。


食事を済ませると、そのまま太田の部屋で打ち合わせを始めた。少年と鵜が関わる場面を除いて、ラフなネームが七、八割ほどできているというので、太田はそれを読みはじめた。


こんな話である。

大学を出たばかりの鶴田容子という女教師が、赴任した中学校でいきなり二年生のクラスを受け持たされた。学校の内外で毎日けんかをして、けんかケンタとあだ名をつけられ

ている男子がいた。母を早くに亡くし、父との二人暮らしだった。家庭訪問をした容子は、ケンタがけんかばかりをするのは、生育過程での愛情不足ではないかと思う。

あわて者で世話好きの容子は、担任が行う指導の範囲を超えてケンタの世話を焼く。どうやら彼が好意を抱いているらしい同級生のミチコの家では鵜が飼われていた。ミチコと一緒に鵜の世話をすれば、彼女の気が引けるかもしれないと容子はケンタに吹き込む。鵜の世話を始めたケンタは、下心もどこへやら、成長していく鵜が自分になつくのに喜びを味わうようになっていく。

実はミチコは三年生の番長の思い人だった。番長とケンタが対決する話のクライマックスは鵜飼い船の上だった。どちらが勝ったかわからないドタバタげんかの後、ミチコが選んだのは、いつの間にやら成長したケンタのほうだった――。

けんかに明け暮れるケンタとその世話を焼く教師の姿を見て、太田は昔読んだ関谷ひさしのマンガを思い出した。もしかしたら山崎も関谷ひさしファンだったのかなとうれしくなった。

けっこうおもしろいじゃないかと読み終えたが、

「今どきこれはないんじゃないの」

と太田は山崎にひとつ問いただした。

手違いで下宿先が見つけられなくなった容子先生は、しばらく学校の宿直室を借りることにしたのだが、夕ご飯を作るときに、校庭に出て七輪でご飯を炊きはじめる。夕焼け雲を見ながら、同年配の恋する男からの電話を待つという切ないシーンだ。

「いくら田舎の話だからといって、電気釜が普及した今、七輪はおかしいんじゃないか」

しかし彼女はがんとして変えようとはしなかった。容子の人となりを表すのにこれは変えられないと言い張る。しかし……と太田が言いつのると、わたしの実家もまだお釜で炊いてます、これでいいんです、とほとんど叫ぶのだった。

東京に住む太田と六年前までこちらで暮らしていた山崎とは、生活のリアリティが違うようだ。どちらが全国にいる読者に生活実感を与えるのか、太田にはよくわからなかった。

それに容子が恋い焦がれる男の振る舞いを、同じ男として太田が考えてみると、彼女の片恋ではないかと思ってしまう。

二人は教育実習先で知り合って仲を深めた。大洲に赴任する容子が最後に別れる時、彼は「ぼくから電話するからね」と言った。男がこんな言い方をするのは、あなたから電話は欲しくない、という意味ではないだろうか。太田は自分の体験からそう思った。

まあそんなことは女の方でもわかりそうなものだから、「恋は盲目」とばかりに容子は正常な思考ができなくなっているということか。

ああだこうだと言う太田に渋い顔をしていた山崎が、突然、ニンマリした。太田さぁん、と上目遣いになって、

「見えます」

と言う。

「え、何が？」

太田が聞くと、

「ブリーフが見えます」

と言って目を伏せた。

太田は話に興奮するあまり、片膝を立てて話しこんだ浴衣の隙間からブリーフがのぞけるらしい。女性にパンツを見せながら高説ぶる御仁とは……。あわてて太田は膝を閉じた。だが何がそんなにおかしいのか、山崎はまだ笑い続けている。赤く光る顔は、話し疲れた頭の中でビールの酔いが効いてきたのか。

ええい、いつまで笑っているんだよ、と太田は山崎の頭をコツンと叩こうとした。それを避けようと身体をひねった拍子に、山崎が前のめりに横にたおれた。と、右手が太田の浴衣の中に入ってしまい、下腹部にあたった。

山崎は仰天して手を引き抜いた。太田はかっとなったが、いやこういう事態はまずい、一番いけない、とあわてて腰を引いた。

と同時に、山崎は右袖の中から畳に手をついたので、浴衣が肩から下にずり落ちて、乳房がこぼれ見えてしまった。食事前に汗を流した風呂で暑かったのか、下着を着けずに浴衣を着てきたらしい。

思わず目を見張った太田をすごい形相で睨みつけ、大あわてで山崎は起きて前を合わせた。二人ともに正座になった。その時、

「お食事はお済みですかぁ」

と言いながら雅子が部屋に入ってきた。だが、あたふたと浴衣の襟を正している山崎と、雅子の目を見ようとしない赤ら顔の太田が、相対してもじもじしながら座っているのに直面して、

「あいやーっ、ごめん」

と叫び、とんぼ返りで出て行った。山崎は、同級生に、完璧に、誤解された。

お互い打ち合わせを続ける気力が失せてしまったので、

「じゃあ後は東京でネームを完成させるということで」

と太田が宣告してお開きとなった。

8

もう一度実家に顔を出したいという山崎を残して、太田は大阪に向かった。

学校が夏休みに入ったこの週末から一週間、全国で開催される「小学館マンガまつり」に「少女コミック」も加わっていた。編集部員は、札幌、仙台、京都、大阪、福岡に出張して、現地でマンガ家の単行本即売サイン会——買ってくれた単行本にその場でサインをして手渡す催し——を行うことになっていた。太田は、大阪でひだのぶこ、京都で灘しげみのサイン会を担当する。ひだは大阪出身のマンガ家だ。

翌日の午後二時過ぎ、太田が大丸百貨店の七階催事場に行くと、すでに松井智子が来ていた。マンガまつりの現地ルポを書くための取材である。智子は太田の顔を見ると、

「ひださん、遅いですね」

「うん、昨日電話して確認してあるから、大丈夫。だと思う……」

と太田は答えたが、大丈夫ではなかった。この日はひだは大阪にある実家に居ると言っていたのに、昨日電話で連絡すると、ひだはまだ東京に居た。今日の朝、新幹線で大阪に向かいます、と言っていた。もしかして新幹線に乗り遅れたのか。

三時になった。マンガまつりが始まり、まず相本久美子が『1と5／いちごの涙』を歌い始めたが、まだひだは姿を現さなかった。

この歌は一昨年まで「週刊少女コミック」で連載された大島弓子の『いちご物語』にちなんで作られた曲だ。相本が、

「♪いちとごでろく　ろくでなしの　あいつ」

と歌っている間に、太田は「ほんとにロクデナシだ、ひだのやつ」と毒づきながら、念のためにひだの実家に電話をかけてみた。新幹線には連絡のしようがなかった。

実家は誰も電話に出てこなかった。

相本が予定の三曲を歌いおわってもマンガ家のひだが出てこないので、司会の女性が「ひだのぶこ先生は電車が遅れているようです。少しお待ちください」とアナウンスして、舞台袖の太田をにらむ。

太田の横に来ていた小学館大阪支社の営業マン、大山も困惑顔で「太田さん、どうするの？　ほんとに編集者という人種は信用できないんだから」と詰問する。何か過去に編集者から手ひどい仕打ちを受けたことがあるのか。

三時半も過ぎた。

四時十分前になると、会場のざわめきがいよいよ高まり、事態の重さの責任感からひどい

胸やけに襲われた太田は、万事休すと観念した。舞台に出て、マイクをとると、

「まことに申し訳ありません。ひだ先生に何かトラブルが生じていると思われます。本日のサイン会は中止させていただきまして、後日、皆様にサイン色紙をお送りするということで、今日のところはご勘弁願いませんでしょうか」

と、急きょ思いついた策をアナウンスすると、太田のすぐ前にいた読者の母親らしき中年の女性が、

「そんなことを言われても、わたしたちは朝早く和歌山から来ているんですよ！　こんな無駄足を使わせて、一体どうしてくれるんですか」

まなじりを決して叫んだ。どうしてくれると言われても、太田は困る。じゃあ、来場者全員の交通費も負担すべきなのだろうか。どうしよう……

太田が返事もできずに棒立ちになっているところに、智子が近寄ってきて、ノートとペンを渡した。後日、サイン入りの本をこちらから無料で送るということで、これに皆さんの住所と名前を書いてもらっては、と太田にささやいた。

額から流れ入る汗で目をしばたたかせながら、太田が、

「すみません、すみません、あのう、ここにペンと用紙がありますので……」

と話しはじめると、会場の後ろから一人、走り込んでくる者が見えた。ひだのぶこだっ

た。

9

一時間遅れのサイン会をどうにか終えた後、楽屋で太田がひだに遅れた理由を問いただすと、昨夜は徹夜で原稿を書いていて、今朝はもう新幹線では間に合わないと思い、羽田まで行って飛行機に乗ったんです、と言う。

飛行機なら伊丹まで一時間で来れるのでは？　伊丹空港からここまでは、やっぱり一時間くらいじゃないの？　と太田が難詰すると、羽田で、学割のチケットを使おうとしたら、なかなか飛行機が見つからなくて、とひだが言いよどむ。

え、成人のひだが学割チケットって？　飛行機代を節約して？　学割って座席数が限られているのか？　学割チケットとやらの知識のない太田は当惑して、鼻に汗をかいて目を伏せているしまり屋の大阪人、ひだの顔をながめるしかなかった。

ひだは翌年、「少年ジャンプ」の人気連載『サーキットの狼』の池沢さとしと結婚式をあげることになるマンガ家。ウェディングドレス姿では愛らしい顔を披露するのだが、この日は太田にとんでもないことをしてくれたのだった。

サイン会の終了後、久しぶりに実家に顔を出したいというひだと別れて、太田と智子は明日のサイン会の行われる京都に向かった。

太田が東山にある東山閣ホテルに行って手荷物を預けてくる間に、智子は壬生にある生家に顔を出してきて、二人は四条河原町で落ち合った。

夕食は智子が誘う先斗《ぽんと》町通りの小さな料理屋に入った。太田は大学時代の四年間を京都で過ごしたが、もちろん学生が足を踏み入れるはずもないようなしゃれた店だ。

今日は酒で失敗しないぞと己を戒めながら、太田は智子が時おり解説をひとこと入れるおばんざいの数々を味わった。京都育ちの智子が京料理について能書きをたれるような口をきかないことを、太田は好ましく思った。

食後、五条の東山閣ホテルまで太田が鴨川沿いを歩いて帰ろうとすると、智子が「わたしも酔い覚ましに歩こうかな」と言ってついてきた。

盆地特有の蒸し暑さのさなか、川を渡ってくる風がそぞろ歩きに心地よい。同じように若い男女の二人連れが行き交い、川べりの石垣に座るカップルが何組も目に付く。

これはいいムードをカモシダセルかもしれないと太田は高揚してきた。ほろ酔いの智子

の上気した声を聞いているうちに、もしかしたら彼女もまんざらではないかもしれないと内心ほくそ笑んでいると、

「ところで、あの久保田早紀さんの話はどうですか。もう原作をあげてきましたか？」

と尋ねられて、太田は意気がそがれてしまった。

久保田早紀というのは、あの『異邦人』を大ヒットさせた歌手だ。知り合いのレコード会社のマネージャーから頼まれた智子が、大のマンガファンの久保田早紀が原作を書くという企画を「週刊少女コミック」に持ち込んだのである。

マンガ家は太田が担当する中村昭子に決まり、掲載号から逆算すると、原作の締切はかなり厳しい時期になってきているのだが、

「いや、それがちっともできてこなくて困ってるんだ。だいたい彼女と直接連絡ができないのが痛いんだよね」

太田が久保田早紀と初めて会った時、横にいたマネージャーから、彼女との連絡は自分を通じてお願いします、と言われた。会社のそばのうなぎ割烹店「大文字茶寮」で、中村昭子を伴って五人で会食をした折だ。

それ以降、太田はこの口数が少なかった美人歌手に原稿を督促するのはマネージャーを介してのものなので、原作の進捗状況がさっぱり把握できず、隔靴《かっか》掻痒《そうよう》感に身もだえして

いる。

「そうなんですか。それはわたしとしても申し訳ないわ。わたしが彼女のところに直談判に行きたいくらいだけど、マネージャー氏の立場もあるしねえ」

話が仕事の憂鬱《ゆううつ》なものになってきたとき、五条大橋に着いた。酒の酔いも醒めてきた。

「じゃあ太田さん、明日のサイン会は今日みたいなことが起きないよう祈ってます」

智子が笑顔で言って河原町の方へ去っていくのを、太田は意気消沈しながら見送った。

10

翌日、京都での灘しげみのサイン会はとどこおりなく終えられた。智子は福岡のサイン会に向かった。太田は灘を伴って帰京した。

新幹線の車中で、灘が何か読むものはないかと言うので、バッグに入れてあった筒井康隆の短編集を渡した。かなり露骨な性描写もあるギャグ小説集だが、灘は大笑いしながら読みふけっていた。太田と同年齢のマンガ家だが、けっこうさばけた女性であることを知った。

三日後に、山崎睦美がネームができたと電話してきたので、吉祥寺で会った。

タイトルページに『夏の流れ』と書かれていた。丸山健二に同じ題名の小説があるよと太田が指摘する。小説と同じタイトルのマンガはいけないんですか、と山崎が尋ねる。

「『坊っちゃん』というマンガがあったら、それは漱石の小説をマンガにしたものだと思うだろ？」

太田が答えると、

「でも丸山健二という人、わたしも少コミの読者もみな知らないんじゃないですか？」

と来た。

このタイトルから十代の少女読者は丸山健二を想起しないのだろうか。また、近頃かまびすしい著作権の問題もありそうだ。マンガや小説のタイトルに著作権はあるのか、ないのか。はて太田にはわからなかったが、あとから問題になったら面倒だ。

ぼくは編集部ではこのタイトルは通らないと思う。十年前の芥川賞作家のことは編集者はみな覚えてるよ。それにそもそもマンガのタイトルとしては地味すぎないか、と太田がまくしたてると、芥川賞の人とは知らなかった山崎は恥ずかしく思ったのか、折れてきた。

話し合った末、『流されて……夏』というタイトル名で落ち着いた。そういえば先年、『流されて……』というイタリア映画があったな、と太田は思い出したが、まっいいか。

あんな激しい性と愛の映画は、十代の読者はまず観なかっただろうし。

打ち合わせを終えて、一緒に喫茶店を出る。

「どこかでメシ食べない？」

太田が山崎を食事に誘うと、

「すみません、今日はちょっと。夜は家に居たいんです」

と断ってきた。

山崎は家メシが好きなのか。自分の手料理よりもおいしいものを外で食べさせてあげられるのにな。原稿料と人のアシスタント代の収入だけでは食生活も満足なものじゃないだろうに、と太田はあわれんだが、それ以上詮索することなく会社にもどった。


地下鉄の神保町駅は小学館ビルの地下に通じている。ビルの地下はレストラン街である。降りてきたエレベーターから編集部の山岸が出てきた。太田の顔を見ると、食事に誘ってきたので、二人で洋食レストラン「ロータス」に入った。

二人ともハンバーグ定食にした。山岸はビールも注文した。

「ビールなくしてなんぞ晩メシか、だよ」

家で食事ができる土日の夜は晩酌つきだという。新婚家庭はそういうものらしい。

「女性一人の晩メシは、酒もないだろうからさみしいものなんでしょうね」

山岸が、え、なんのこと？　という顔をしたので、先ほど別れた山崎に食事を断られた話をした。それを聞いた山岸は、

「家に居たいって、それって、もしかしてトシオさんのせいかもしれない」

今度は太田が、え、なんのこと？　という顔つきになった。

山岸によると、山崎睦美をデビューするまで指導したのは鈴木俊雄（トシオ）さんで、彼が学習誌へ異動した後、少女コミック誌を活躍の舞台とする山崎は山岸が担当することになった。すると彼女は山岸に、よく前担当のトシオさんの消息を聞いてきたという。その様子から、山崎はトシオさんを慕っているのではないかと感づいたそうだ。

「おそらく、山崎はトシオさんから電話が来るのをずっと待ってるんだよ。そういう純情一途というか、男の俺なんかにはよくわからないところがあるんだよ、あの子」

そういえば、以前麻雀をした時、トシオさんは結婚間近だという噂を耳にしたが、山崎はそれを知らないのだろうか。

二人の間に実際に何があったのかはわからないけど、トシオさんから連絡を絶たれたままならば、山崎もちょっとかわいそうだな、と学生時代からの交際を成就させたばかりの山岸は、余裕の憐憫を表情ににじませた。

11

十日後、『流されて……夏』の締切が近づいているが、山崎はなかなか原稿をあげてこない。太田は他に連載を二本抱えていて、山崎の原稿進捗の様子を見るために吉祥寺まで行く時間もなかなかとれない。また久保田早紀の原作があがってこない問題もあった。明後日から校了が始まるという日、しびれを切らした太田は、山崎から半分だけでも原稿をもらおうと、吉祥寺に向かった。

いつもの喫茶店「八千代」で会おうとしたが、山崎は家を出たくないと言う。またトシオさんの電話待ちか、と太田は内心あきれたが、八千代に出向いている時間がもったいないから、と山崎が言うのにもうなずくしかなかった。

はじめて山崎の住まいを訪れた。吉祥寺駅から徒歩で十分あまり。戦後すぐに建てられたかのような古びた二階建てアパートの二階の一室だった。

あと三十分でちょうど半分渡せます、と山崎が疲れた顔で言うので、太田は部屋に上がり込んで待つことにした。

インクを乾かすためか、畳が見えないほど原稿が部屋一面にまかれている。太田がタバ

コを取り出すと、

「すみません。火事がこわいので、タバコは我慢してもらえますか。灰皿もないですし」

と釘をさされた。

道理である。太田は手持ち無沙汰なまま部屋の隅に座って待つが、三十分たっても原稿はあがらない。イライラしながら窓の外に目を遣ると、物干しロープに掛けられたハンガーに下着が風に揺れていた。すると山崎がガバッと立ち上がり、窓を開けて下着を取り込んだ。横目で太田をじろっとにらんだ。

誤解だ、オレは下着フェチなんかじゃない、と太田は叫ぼうとしたが、待てよ、同じようなことが前にあったなと思い出した。そうだ。昔、おケイこと堀内恵子の部屋で原稿を待っていた時だ。

ええいもう、どうして少女マンガ家は、男の編集者が来るのがわかっているのに、下着を干したままにしておくんだ。若い男の性欲に対してまったく無防備だ。

いら立ちに腹立ちをまじえて待つこと一時間半、ようやく原稿を受け取れた。

会社に着くと、校了の進行台帳を見ていたデスクの武居が、

「太田。今までどこに行ってたんだよ」

尖った声で尋ねてきた。吉祥寺まで山崎の原稿を取りに行っていたと答えると、

「山崎睦美って、まだ出たばかりの新人だろ。そんな若い作家には、原稿を持ってこさせろよ。甘い顔をすると将来よくないぞ」

武居は舌打ちをして言った。

「はあ。そうですね」と答えた太田は、そういえばこの武居さんはいつも少女マンガ家を会社に呼びつけているな、と思った。

前の「少年サンデー」に居た頃はどんなふうにマンガ家と相対していたのだろうか。マンガ編集一筋十二年の彼から見ると、二十代の若い少女マンガ家はみな幼く映るのかもしれない。そんな小娘に使い走りさせられてたまるもんか、と思うのだろうか。

この武居は、赤塚不二夫描くギャグマンガの中に登場して有名になった編集者だが、早大の学生時代に同級だった、映画『野菊の如き君なりき』のヒロイン、有田紀子に強く憧れるも、ついに声をかけることすらできなかったというから、恋愛では消極的らしい。

彼は今回の担当変更で、コメディー作家のすなこ育子の担当を太田から引き継いでいた。先日、ためていた原稿を返却するために、太田がすなこの家を訪ねた時、

「わたし、武居さんって大っ嫌い」

と憤慨していた。どうしたのかと太田が尋ねると、

「すごくえばってる人。少女マンガ家はオレの言う通りに描いていればいいんだ、と思ってるみたい」

と眉をひそめた。

どうやら少女マンガ界で既に中堅となっているすなこに、武居が色々と手厳しい意見をしたらしい。笑いやギャグのことなら俺に任せろ、と自信たっぷりな態度を見て、すなこは正直、これから描くものに自信がぐらついてきたという。

口を尖らす彼女の顔を見て、女性作家への対応というのは難しいものだなと太田は嘆息した。手綱を引き締めて尻を叩くばかりでは、女のマンガ家はついてこないかもしれない。

12

二日後、校了が始まった。

山崎に電話すると、後半部はもうすぐあがります、と言う。じゃあ会社まで持ってきてくれないか、と伝えると、

「ええっ？　もう、疲れてとても動けません」

と弱音を吐く。「え〜っ、動けないって……」と太田が問いただすと、

「わたし、もう二日間寝てないんです。足がふらふらして電車事故にでも遭ったら……」

「事故」という言葉に小心の太田はぎくりとした。武居の姿は見えなかったが、太田は声を潜めて、

「わかった。今すぐ取りに行くから」

と伝えてしまった。

一時間後、ほかに担当するマンガを校了台紙に貼りつけ終えると、太田は吉祥寺に向かった。

アパートの部屋へ入ると、山崎は既に原稿をあげて待っていた。ちょうどコーヒーを沸かしたので、一杯どうか、と尋ねてきた。

「なんだ、ずいぶん元気そうじゃない。じゃあ原稿を持ってきてもらえばよかったなあ」

じっとりと湿った空気の部屋に辟易しながら太田がぼやくと、山崎はうすら笑いを浮かべて、

「でも台所に立つ元気も出ないんです。もうくたくた。とても外なんかに出られません」

溜息をついて答えた。

ほとんど瞼が閉じそうな目をしながらコーヒーをすする彼女を見ているうちに、太田は、

「家を出られないって……。あのね、いつまで待っていたって、Tさんから電話はこないと思うよ」

　と、軽口めかして口に出した。

「えっ？　ティーさんって……」

　山崎がきょとんとした顔で問い返す。

「トシオさん。鈴木さんだよ」

　太田が答えると、山崎の顔色がさっと変わった。

　しまった、おれは何を言ってしまったのか。おれのほうこそ疲れているのか、と悔やんでも遅かった。

　うつむいて黙り込んでしまった山崎に、太田はもう何も話しかけることができなくなり、

「じゃあ、次の読み切りの打ち合わせはまたこちらから電話するからね」

　と言って、そそくさとアパートを後にした。

　吉祥寺から会社に向かう地下鉄に乗り込み、夕刻前のガランと空いた車両に座っていると、山崎がアパートの部屋でトシオ氏からの電話を待つ姿が思い浮かんできた。二十歳前に四国から一人で上京してきた女性が、そんな女心を抱えて疲れた体を横たえているのが、今日の太田には哀れに思えてきた。

どうしてあんなことを口走ってしまったのだろう。デスクの武居に注意されたばかりの折、忙しいさなかに原稿取りで往復させられたことが、図らずも彼女に牙をむかせてしまったのか。冗談にはならないことだったのに。

13

会社で太田が校了紙を読んでいた夜更けに、中村昭子から電話が来た。いったい久保田早紀さんの原作はどうなったんですか、と怒り心頭に発した声だ。

そういえば、「すぐに必ずお届けします」と言ってきたマネージャーの電話は先週のことだ。あれから何の連絡も寄こさない。カラーページに入れる予告の締切も目前に迫っている。いったいどうしたらよいのか……

ええいもう仕方がない。先夜の会合では、シンガーソングライターの高校生の恋物語が頭にある、と久保田早紀は言っていた。「じゃあ、とにかく『音楽』『女子高校生』『初恋』の三つから思い浮かぶ絵を予告カットとして描いてみてくれないか」、と太田は中村に頼んで電話を切った。

翌日の昼過ぎに太田はマネージャーをつかまえたが、原作はあがっていないという返事だった。

太田はもうこの男を相手にしないことにした。久保田自身を急襲することにした。電話などしなかった。地図を片手に、先日会った智子から聞き出しておいた八王子の久保田の家にたどり着いた。

大きな一軒家だった。門扉に立つと、ショパンの『別れの曲』が中から聞こえてくる。ベルを押すとピアノの音が止まった。

インターホンから「はい、どちらさまでしょうか」と久保田自身の声が流れてくる。

「小学館の太田です」と答えると、はっと息を飲みこむのがわかった。

玄関に入ると、久保田が母親と立っていた。太田は母親に頭を下げてから、

「久保田さん。ほんとうにもうだめなのです。今日原稿をもらえないと、もう落っこちてしまいます」

と訴えるが、久保田は唖然としたままである。

「いま、本当にどこまで原作は書けているのでしょうか。一度ぼくに見せてもらえませんか」

太田が言うと、久保田は、

「すみません。お見せできるほどのものとはまだとても……」

と言って下を向いてしまった。太田は、

「今日は原稿をもらうまではここを動かないつもりで来ました」

と脅しをかけた。

母と娘はどうも太田を家に上げる気はないようなので、顔を上げない久保田をにらみつけて腕組みすると、隣の母親が娘と訪問客の顔をキョトキョト交互にうかがっている。無力な中年女性の困惑した顔を見てしまうと、太田は意気が消沈してきた。

「ではまたあした、また来ます。もらえるまで毎日来ます」

そう言い放って久保田邸を辞した。


結局太田は、原稿取りの訪問は翌日と翌々日の三度でやめた。訪れると、いつも母親が横に居て、ほとほと困り果てた顔を見せるので、太田は久保田を追及する気勢がそがれてしまうのである。

もう彼女の原作はあきらめて、中村昭子に一人で作ってもらうことにした。

久保田のマネージャーにも電話をして、その旨を伝えた。マネージャーも了承せざるを得なかった。

しかし、前号に載る予告で「原作／久保田早紀」と銘打つことは、そのままにしておこうと思った。

これから久保田のマンガへの関わりがどうなるのかわからないが、ネームバリューが予告の効果を上げることを考えれば、それも仕方がないと思った。本番で彼女の名前に違った言葉を冠することになったとしても、もう運は天に任せることにした。

14

二日後、中村から連絡があった。タイトルは『りんごの気持ち』でどうだろうかという。久保田さんと顔合わせをした時に、彼女は自分のようなシンガーソングライターが出てくる話が頭にあると言っていたので、先輩ミュージシャンにあこがれる少女を主人公にして、その気持ちを甘酸っぱいリンゴになぞらえたそうだ。

とうにこのたびの事態を予感していて、話作りを始めていたのだろうか。

すぐさまそれでネームづくりにとりかかってもらうことにした。なにせ三十二ページもある中編なので、もう時間がまったくない。

翌週、中村はネームを作り上げてきた。すごい馬力である。こんな内容だった。

〈主人公は皆からオクテ呼ばわりされている高一の少女・麻穂。同級生のあこがれの的で不良呼ばわりされる高三の俊《しゅん》がライブハウスで歌う姿を見て、彼女も惹かれてしまう。それに嫉妬した幼なじみで高二の啓介が俊の身辺を洗ってみると、俊の禁断の恋が明らかになる。驚きあきれた同級生たちはヒいてしまうが、麻穂は、俊に人を恋する心の純粋さを見出し、俊も麻穂に気持ちをいちずに捧げるようになる〉

この俊の禁断の恋の相手が、実の姉というのだから、ちょっと禁忌やぶりの少女マンガだ。太田は中村昭子を担当して二年になるが、読み切りも短期連載も、学園物をそつなくまとめる器用な作家だとみなしていた。今回の内容に、彼女の新しい面を見つけた思いがした。

中村の夫君は同じマンガ家のますむらひろし。結婚してまだ間もないが、この中村の新生面は、独自の画風で宮沢賢治の幻想世界を描く夫から何か影響を受けたのだろうか。太田には夫婦の間のこと、創作家カップルの相互影響のようなことはいっこうにわからないのだが。

『りんごの気持ち』の画稿は校了日の前日にできあがった。久保田早紀にはマンガの中で歌われる歌の詞を書いてもらうことで妥協しておいた。

ところがまた、この歌詞がちっともできてこないのだった。先週、ページが割りつけられ、鉛筆の下絵とセリフが入った中村の原稿をコピーして久保田に届け、二つの該当箇所に入る詞をすぐに書くように頼んでおいたのだが、以後まったく音沙汰がなかった。

少しはマネージャーの顔も立てなければな、と情けをかけたのが仇になった。この間は久保田の家を電撃訪問したが、今回は会社に居るマネージャーを通じて、久保田に作詞することを依頼したのだ。この業界は人情は禁物なのだった。

結局、『りんごの気持ち』は、歌詞の入る二ページを除いて校了を済ませた。二つの歌詞は、校了の翌日にマネージャーが会社まで届けてきた。

一つは、俊がひそかに姉を慕う気持ちを歌ったもの。もう一つは、『My Sweet Apple』と題して、こんな詞だった。

〈それは突然／ぼくの手に落ちてきた／まっ赤なりんご／甘ずっぱい恋の予感
新しい朝が／待っているような／このときめき／いったいなんだろう
きみはどこから／やってきたんだい／少女か大人か／不思議な女の子
今度こそ夢をかなえて／お願いだ／ひとり芝居は／もうイヤさ〉

姉への許されない恋心を乗り越え、下級生との新しい恋に震える気持ちを歌って、情感がこもっている。さすがに少女マンガを愛読してきたというだけあって、十代の少女読者の気持ちをぐっとつかんでくる詞だ。これを入手するまで苦しめられたのは口惜しいが、太田はシンガーソングライター、久保田早紀の作詞力には感服したのだった。

15

『りんごの気持ち』の掲載誌が刷り上がった。智子が、これはやはり打ち上げをしなければいけないわね、と言う。いろいろ大変だったようだけど、とも付け加えて。

久保田にさんざん振り回された太田はまだ腹に据えかねていたのだが、まあ、とにかくできあがったのだから、ここは大人の対応をしなくちゃな、と観念した。

御茶ノ水にある「山の上ホテル」のレストランで個室を予約した。もちろん企画を持ち込んだ智子も招いた。

打ち上げ会当日の昼すぎ、太田が昼食を終えて編集部にもどってくると、編集長の飯田が、「リュウちゃん。ちょっと時間ある?」と言って、別階にある談話室に誘われた。

入口付近は、遅めの昼食をとっている営業の女性たちが陣どって騒がしい。飯田は周りに人気のない奥のテーブルに太田と相対して座った。

「昨日の昼にね、山崎さんが会社に来たんだ」

山崎睦美が？　昨日は打ち合わせの約束はしてないのだが、と太田がいぶかる顔をすると、

「地下の喫茶店にいる、と電話で言うので行ってみると、担当者を代えてほしいと言い出したから、もうびっくりしたよ。いったい何があったの？」

飯田が尋ねてきた。口元に笑みを浮かべているが、メガネの奥の目は光っていた。

太田は山崎との最後のやりとりを正直に打ち明けた。うなずきながらそれを聞いていた飯田は、「女性作家にそういうことをするのはちょっとまずかったな。言ってはいけないことだと思うよ。うーん……」

と言って、数秒間黙していた後、

「これはもう彼女はリュウちゃんと仕事をやっていくのは難しいかもしれないね」

と、向こう端で談笑している女性社員たちを見ながら言うのだった。

太田は山崎睦美の担当をはずされることになった。

マンガ家から担当替えを訴えられるなんて、前代未聞のことかもしれないな、と太田は落ち込んだ。いや、担当を替えさせられたこと自体よりも、親しく時間を過ごしてきた女性作家からもう顔も見たくないと言われたことに、太田は衝撃を受けた。

夕刻、へこんだ気持ちを覚えながら、御茶ノ水の坂をのぼって、山の上ホテルに入った。太田と浅見副編集長、中村昭子、そして智子が座っている席に、マネージャーと久保田早紀がすこし遅れてやってきた。

ビールで乾杯をした後、料理が次々と運ばれてくると、太田は久保田に刷り上がったばかりの掲載誌を見せた。

表紙には、『りんごの気持ち』に「原案・詩／久保田早紀」と銘打っておいた。「原作」と銘打つのは事実上口幅ったいし、中村に対して申し訳ない。正直に「劇中詞」などというのも売り文句としてさびしい。そこで「原案・詩」としたのだが、久保田は不満を鳴らすかもしれない、と太田は少し警戒した。

しかし、久保田はニコニコしながら『りんごの気持ち』に目を通していた。同じく終始笑顔で話すマネージャーと智子の会話を中心に、会食はなごやかに進んでいった。

マネージャーが突然、

「結婚の相手も小学館の人なんだって？」

と言った。

「え、結婚って誰のですか？」

横に座る久保田が尋ねると、

「あ、まだ公にしてないのかな」

マネージャーが智子の顔を見て破顔した。

「ええ。……あの人、ずいぶん秘密主義な人なんです」

と智子が目を伏せて苦笑しながら答えた。

「学習雑誌の人だそうだけど」

「ええ。鈴木俊雄といって、九つも年上の人なんです」

太田は驚愕した。智子が結婚するというのだった。そのうえ、相手はあのトシオさんだった。

太田も、山崎睦美も、二人一緒にふられてしまったのだった。

人気歌手との会食という華やかなこの日が、その後どう進み、どうお開きになったのか、
太田の記憶には今では何も残されていない。

こずえを鳴らす風

――『風と木の詩』をめぐって

1

「リュウジ、おまえいい加減にしろよ！　いったい何を考えてるんだ」

山本の怒声が飛んできた。

一九七八年九月初旬の午後。小学館ビル三階にある会議室で、「週刊少女コミック」の編集会議がそろそろ終わるころだった。十一月発売の特大号から始まる長編読み切りシリーズのラインナップが決まり、司会の武居副編集長が連載陣の進捗状況の確認を終えると、新しく編集長になった山本順也が太田隆二を叱りつけた。

「なんでおまえは一つも連載を持たないままなんだ。おまえより後輩の鈴木も都築もちゃんと持ってるのに」

売上げの低迷からなかなか逃れられなかった「週刊少女コミック」は、起死回生を図って月二回刊行の隔週刊誌となったばかりだった。その変動に伴って、それまで太田が担当していたマンガ家の連載は姿を消していた。いま太田は連載としては四ページのギャグマンガしか持っていなかった。

太田は山本にどう答えたらよいのかわからないので、口をつぐんでいると、

「辻本と山岸が二人で四つも連載を抱えているじゃないか。この中から、おまえ、どれか一つ選べよ」

辻本が担当しているのは竹宮恵子『風と木の詩《うた》』と金井信子『青春セーリング』、山岸が担当しているのは萩尾望都《もと》『スター・レッド』と名香智子《なか》『ファンション・ファデ』だった。

『風と木の詩』は十九世紀フランスの寄宿学校で少年愛が繰り広げられるという異色のシリアス物、『青春セーリング』は当節の学園ラブコメディー、『スター・レッド』は未来世界のSF譚《たん》、『ファンション・ファデ』はファッションデザイナーをめざす少女の話だ（ファンションは仏語でボンネット〈婦人帽〉の意）。

担当を敬遠したくなるような内容は特に見当たらない。もっとも、これはぜひやってみたいと思うものもないのだが。

では、原稿取りで苦労するのはどれか。四人のマンガ家のうち、いま原稿上がりがいちばん遅れているのは竹宮だ。辻本が悲鳴をあげ続けている。次に遅れているのは萩尾、名香の順だが、二人ともぎりぎり締切は守っている。金井は一年前にデビューした新人で、締切前に原稿を上げてきている。

ファッション界にはとくに興味はないが、担当するからといって俺が女性のファッション研究で血眼になる必要もないだろうし、名香は明るい人柄の女性だから、ここは名香を選ぶか。

　太田がこの正月に欧州旅行したとき、先に友人たちとパリに遊びに来ていた彼女に連絡をとり、このとき初めて言葉を交わした間柄なのに、サンジェルマンデプレで楽しく食事ができたという思い出もある。

　辻本が育ててデビューさせたばかりの新人、金井を担当したいと言うのは、さすがに恥ずかしい。

　しかし、太田は、

「じゃあ竹宮さんを担当します」

と言ってしまった。山本は「そうか」とうなずいた。

　会議が終わり、編集部の自席にもどると、太田の気持ちはどんどん沈んでいった。ほんとうに俺は損な性分だ。こういう時、楽な道を選ばず、一番つらいことを選ぶのを宣明してしまうなんて。

　オルテガの「高貴さは、自らに課す要求と義務の多寡によって計られる」という言葉が脳裏に浮かんだ。スペインの哲学者である。力道山と戦ったメキシコのレスラーではない。

　力道山といえば、その雄姿に熱を上げていた小学校の中学年から、太田はクラスが変わるごとに学級委員に選出され、通知表に「クラスのリーダー的存在である」と書かれたりした。そのため自分は選ばれてある存在なのかとうぬぼれるようになり、いつしか思春期に続く自己形成の過程で、そういう人間は困難なことこそ引き受けなければならないと思うようになってしまったのだ。

これはエリート意識というやつだ。太宰治の「選ばれてあることの恍惚と不安、二つ我にあり」か。ああいやだ。男もエリートもつらいよ。

2

翌週、太田はさっそく辻本と一緒に竹宮恵子を訪れた。

昨日は編集部の校了日だったが、『風と木の詩』の原稿はまだ上がっておらず、いわゆる「抜き校了」というやつで、校了台紙は原稿のゲラ刷りが貼られずに真っ白のまま印刷所に渡されていた。

そのため、今日は竹宮から原稿を受け取り次第、製版して印刷所に届けなければならない。印刷所に駆けつけるなんて、三年前の手塚治虫の連載以来久しぶりのことだ。

竹宮に担当変更の挨拶に参上するのが、原稿上がりの督促と重なった。もしかしたらこのまま泊まり込むことになるかもしれないらしい。けっこうな初顔合わせにしてくれましたね、辻本先輩。


竹宮の仕事場は西武新宿線の下井草にある。自宅は下井草から二つ先の上井草にあり、人目を引く瀟洒なヨーロッパ風の邸宅で、いかにも少女マンガ家が夢見るようなたたずまいのお屋敷だ。しかしこの日、竹宮はもうずっと下井草の仕事場にカンヅメ状態だった。

下井草駅から徒歩五分、賃貸マンションの四階にある仕事場に入ると、饐《す》えたような奇妙なにおいがした。竹宮と三人のアシスタント、マネージャーの増山法恵《のりえ》、計五人の二十代の女がかもしだす香水と汗の混じった複雑な空気のにおいに、太田は息をつめた。人いきれでクーラーもあまり効いていない。

既に辻本から担当の変更を告げられていたので、竹宮は太田から挨拶されると、「あっ、はい、よろしく」とひとこと言ってぺこりと頭を下げ、すぐに原稿に目をもどした。

太田は竹宮の顔を見て、中学生の時に見たアメリカ映画『求婚専科』のナタリー・ウッドを思い出した。ベストセラー作家役のウッドの眼を一回り小さくして、濃いアイシャドーを消せば竹宮の顔だ。ウッドも小柄だった。

二人の専属アシスタントのほかに、この日はたらさわみちが急きょ臨時のアシスタントとして呼ばれていた。

一昨年の春、太田の一年先輩の山岸博が、すらりとした足を見せる超ミニスカートの女性が「別冊少女コミック」（別コミ）編集部に来たのを見て、彼女が帰るや編集部に飛んでいき、「誰ですか、今の」と鼻息荒くして尋ねた。それが別コミでデビューしたばかりのたらさわだ。丸い目をした美形である。

昨年から発表舞台を「週刊少女コミック」に移すと、太田が担当することになった。たらさわは太田の声を聞くと一瞬顔を上げてニンマリしたが、すぐに原稿に戻った。

音量を下げたクラシック曲をＢＧＭにして、もくもくと原稿描きにいそしむ竹宮たちの横で、太田は辻本と所在なげに立っていたが、増山の「こちらの部屋へどうぞ」という声に救われた。

二人が奥にある六畳間に入って座ると、増山が紅茶を持ってきた。

「正直なところ、どうなの、仕上がりは？　もう相当やばいよ」

辻本がため口で増山に尋ねると、

「あと五、六ページだから今夜中にはできます」

と笑顔で答える。

「このところ、こんなに遅れてきたのは、やっぱり『地球《テラ》へ……』の連載を延ばしたせいじゃないの、もう……」

辻本が不平を鳴らす。

『地球へ……』は半年前に竹宮が朝日ソノラマの月刊誌「マンガ少年」で始めたSFマンガで、当初四回で完結させるはずが、いつしか長期連載の様相を呈していた。

「ええ……でも、竹宮にとって『テラ』は『風木《かぜき》』と同じくらい大事な作品ですし。一度手をつけたら、構想がどんどんふくらんでくるんですよね。これも『風木』と同じく」

と増山は仏頂面の辻本に、変わらず笑顔で答える。太田はこのメガネをかけた痩せ気味の女性マネージャーの笑顔にふてぶてしさを感じ取って、憂鬱《ゆううつ》になってきた。


辻本によれば、増山は単なるマネージャーではなく、竹宮の抱く自作のイメージや構想を意味づけ、方向を示し、時には話のアイデアを出すこともあるらしい。

そもそも七〇年代後半に花開いた少女マンガの先頭を切る二人――竹宮と萩尾望都の作品の舞台がほとんどヨーロッパであるのも、増山の抱く欧州嗜好《しこう》に強く影響されたからだといわれる。

後世のマンガ史において、五〇年代の手塚治虫たちの「トキワ荘」と並び称され、七、八〇年代に活躍する少女マンガ家たちが育った「大泉サロン」――これは、増山が練馬区大泉町にある実家の前に見つけた空き家に、地方に住む竹宮と萩尾を呼び寄せて共同生活をさせ、この気鋭の二人に新しい少女マンガを創出させようとした場所なのだった。

一九七一年、増山は、親が勧めるも、自身は半ば不本意だった音大の受験に失敗すると、趣味の少女マンガにがぜんのめりこむようになった。ファンとして知り合った萩尾望都から、同年代で活躍を始めていた竹宮恵子を紹介されると、二人は急速に親しくなった。デビューしたばかりだった竹宮に、四国から上京して本格的にプロの道に足を踏み入れたいと相談を持ち掛けられると、増山は九州に居た萩尾を呼び寄せ、二人の共同生活を提案したのだった。

増山自身はマンガのペンを持つことはなく、二人のマンガ家の話し相手、助言者の立場を深めていくのだが、自分の世界に入ると独り黙々と仕事をこなしていく萩尾と違って、話好きの竹宮は自分のめざすマンガを暗中模索していた頃なので、増山はひっきょう竹宮と過ごす時間が多くなった。

やがて、着実に作品を発表し続けてプロの階段を上る萩尾の活躍を見て、後塵を拝する思いにとらわれるようになった竹宮は、一九七三年、この借りていた大泉の家の契約更新を機に、共同生活の解消を宣言する。増山は竹宮が下井草に見つけた新しい仕事場に通い詰めるようになり、萩尾は遠く埼玉県の飯能に居を構えた。

少女マンガの歴史において「花の二十四年組」と称せられる両巨頭マンガ家の揺籃となり、伝説化した「大泉サロン」は、こうして二年間でピリオドを打ったのだった。

(本当は、竹宮も萩尾も昭和二十五年生まれなのだが、なぜか「二十四年組」と言われる。少女コミックで活躍した「二十四年組」のもう一人のビッグネーム、大島弓子が公称二十四年生まれなので、そう呼ばれるようになったのか)

3

竹宮は自分の仕事場を「トランキライザー・プロ」と称していた。この精神安定剤が欠かせない激戦場、略してトラプロに太田が初めて足を踏み入れたこの日も、やがて日が落ちた。

仕事場の隣の和室で原稿が上がるのを待つ間、ぼそぼそと低声で話し合ったり、持参した本を読んでいた太田と辻本だったが、辻本は窓の外がすっかり暗くなったのを見て、「じゃあねえ」と言って立ち上がった。

「えっ？　あ、はい」と太田が返すと、仕事場へのガラス扉を開けて、

「僕はこれで退散するけど、くれぐれも太田クンをいじめないでくださいね」

と竹宮に告げた。

やれやれ、これでまた、ジッとひとり我慢の夏の夜か、と太田が暗い気持ちになると、

「ちょっと、太田と外でメシ食ってきます」

と辻本が付け加えた。

トラプロを出て、下井草駅に向かう途中にあった中華料理店に入る。ラーメンと餃子、ビールを頼むと、辻本は、

「みなが仕事をしているところに赤い顔して戻るのはまずいから、太田はビール一杯だけね」

と言って、自分はぐいぐいビールを飲み干し、追加を頼む勢いだった。

「辻本さん。二つも連載を続ける限り、竹宮さんのこの原稿遅れはどうしようもないんですかね」

太田が渋い顔で尋ねると、

「ああ。あの人、もともと遅筆家だしな。で二年前、俺が担当になった時、ちょっと考えたんだ、ショウインはウマとか、敵は本能寺だ、とか」

「え、勝因って？　いつのレース？　どの馬の？」

辻本は最近、競馬に凝っていた。

「ばか。将を射んと欲すればまず馬を射よ、だろ。大将竹宮を抑え込むには、増山という馬を抱きこめばいいんじゃないか、と思ったの」

「え、抱くって、辻本さん、ああいう痩せたメガネ顔が好みだったんですか」

酒に強くないので一杯のビールで顔を赤くした太田がまぜっかえす。

「バッキャロー。いくらウチにマンガ家に手を出す編集者が多いと言っても、マネージャーにまで手を出したやつはいねえよ」

実際、少女コミック編集部では、この十年間で、青木浩、大西旦、勝目幸一、鈴木望と四人もの編集者が、担当した少女マンガ家と結婚していた。実は、五年後、この辻本もギャグマンガ家の市川みさこと結ばれるのだが……。

まあ、二十代の男と女が昼夜を問わず、膝を突き合わせて打ち合わせをするのが少女マンガの舞台裏。いきおいデキてしまうのも自然のことわりなのかもしれない。

「でもね、だめだった。竹宮の実際の仕事ぶりを見てると、大筋の展開に増山の影響力は及ぶけど、やっぱり個々の筋やセリフは竹宮にしかできないんだな。青年誌における原作者という役割じゃないんだね、増山は」

「じゃあ、竹宮さんのお尻をたたけるのは」

「タケホープのけつをたたいた武邦彦に、俺はなれなかった。鬼の山本編集長でも乗りこなせないだろうな」

酔った辻本の編集者の役割についての酒談義は、いつしか競馬の話に移っていった。


竹宮の原稿争奪戦から解放されたためか、辻本は上機嫌だった。太田はこの辻本が編集部でいちばん編集能力が高い男だと思っている。

昨年の夏、少女コミック編集部は全国の六都市でマンガ家を育成するセミナーを開いたが、大阪の会場に赴いた太田が、マンガ家志望の五十人ほどの女性たちを相手に用いたテキストは、その前の週、辻本が札幌の会場で使うために書きあげた文章だった。大学時代に自分でもマンガを描いていた男ならではの実用的なマンガ論で、太田にはとても書けない代物だった。

トラプロにひとり戻るとき、この辣腕《らつわん》の編集者辻本も、また、竹宮を「おケイ」呼ばわりして絶大な力をふるう山本編集長も力及ばないとなると、竹宮の原稿上がりを早める芸当なんて俺には無理だと、太田は暗然とした思いに沈んだ。

太田がひとり、トラプロにもどって原稿の進捗状況をながめると、四人がカリカリ描いている横に、まだ鉛筆線しか入っていない原稿が積まれている。

すべてが上がるのはいつごろなのか、今日から担当になったばかりの太田には読めない。明日の夕方までに製版して印刷所に届けないと、かなり危ない事態になる。竹宮に聞こえないように溜息をつきながら隣室に入った。

十時になると、どこからか出てきた増山が、「皆さーん、ティータイムですよォ」と言って、仕事場の隅にある丸テーブルに紅茶とケーキを用意した。おいおい、こんなときにノンビリお茶かよ女子は、と太田は目を剝《む》いた。

太田の前にもティーカップを置く増山は、険しい目つきの太田に気づいて、

「太田さん、これは必要なことです。時間との勝負に入ったときは、ノンストップで描き続けるより、こういう時間を挟んだほうが、結果的に能率的なんですよ」

しれっとした顔でのたまった。太田はよくわからないが、何か増山に負けたと思った。

三人のアシスタントが丸テーブルでお茶している間、さすがに竹宮は独りティーカップを横に置いたままペンを入れ続けている。編集者の太田が作画で手助けできることは何もない。吸い殻が山盛りになっている灰皿に煙草を押し付けて、ただ待ち続けるのだった。

4

原稿が上がったのは翌朝の八時過ぎだった。精魂尽き果てた顔でぐったりと座ったままの竹宮を残して、太田は下井草駅まで駆けた。

西武線に乗り込むと、ラッシュアワーですし詰めだった。

原稿を胸に抱きかかえながら身動きできない姿勢の太田が、睡魔に急襲されて膝がガクッと折れると、斜め前に立つ同年代の女性の肩に顔があたった。すみませんと謝ったが、高田馬場駅に着くまでにそれをまた繰り返し、露骨に舌打ちされた。

高田馬場で地下鉄東西線に乗り換えると、同じく車両は人であふれていた。

その上この東西線は、この時代になってもまだクーラーが取り付けられていない車両を走らせていた。駅トイレも男女共用で、以前、小用を足しながらわが愚息を眺めていたら、中年の婦人が入ってきたのでびっくりしたことがある。

天井で回る扇風機は温風を車内に循環させていた。それでも走りだすと開けられた窓から入ってくる風が、わずかに熱気と太田の殺気をなだめるのだった。

会社に着くと、昨日辻本が用意しておいてくれたネーム（台詞）の写植文字を原稿に貼り付け、タクシーに乗って製版所に届けた。

できあがった版がこちらに着くのは午後になる。それで校了台紙を作り、すぐさま印刷所に持っていかなければならない。

昼食を終えて、太田が編集部の自机でついうつらうつらしていると、二年後輩の新人、都築伸一郎が真っ青な顔で入ってきた。

一月前、大宮のソープ店で性病をうつされてきた男だ。すっかりおびえて、治すならきちんとした病院がいいと思って慶應大学附属病院を受診したところ、折しもインターンの研修日とかちあい、女性も含む彼ら数人の目に患部をさらされて動転したという。

「でも、非淋菌性尿道炎でしたよ。淋病じゃありませんっ」と言いはって、編集部の失笑を買っていた。

この都築が、「太田さん。どうしよう」と唇をゆがめ泣き声で近寄ってくる。

彼が差し出した原稿を見ると、『風と木の詩』と同様に遅れていた平田真貴子の連載『異国日記』だった。一ページ目の上部にコマ枠のない大きな絵があり、平田の似顔の女が大泣きしながら、

「ファンの皆様。今回が最終回！　連載がこんなに早く打ち切られるのも、すべてこの大バカ担当のツヅキのせいです！」

と訴えている。

その後ろに二人のアシスタントがやはり泣きじゃくりながら、足元で後ろ手に縛られて泣きべそをかいている都築の顔をした長髪男を、ムチで打擲《ちょうちゃく》していた。

一九六七年、講談社の雑誌でデビューした後、「別冊少女コミック」で活躍していた平田が、「週刊少女コミック」に移り、今夏から連載を開始したのが『異国日記』である。

天正の遣欧少年使節を主人公とした時代物で、編集部も大きな期待を寄せた。

しかし初回から四人の美少年が繰り出すギャグがどうも上滑りして笑いが生じない話が続き、いっこうに盛り上がりを見せない連載だった。読者の人気も高まらないまま、とうとう連載十週目で打ち切りとされてしまった。

編集長から平田の担当を命ぜられた都築は、編集部で彼女の陰口を叩くことがあった。十年以上のキャリアを積んで中堅作家然としていた平田は、新米の都築には荷が重かったのか。平田との相性がよくなかったようだ。

「昼に買いおきしておいたカツサンドを、夜中に差し入れしたら、あいつ『うまい、うまい』って上機嫌でやんの。この真夏で半分腐ってたかもしれないのにね」と、随分なことを太田に言ったこともある。本当にお腹を壊したらどうするのか。冗談にならない話だった。

そんな都築の秘めた悪意を平田も気づいていたのかもしれない。そこに突然の連載の打ち切りである。

あと二回で終了してほしいと都築に宣告された平田は、予想外の仕打ちに驚き、困惑し、憤激した。原稿は遅れに遅れるようになり、とうとう最終回の誌上でやるかたのない憤懣《ふんまん》をぶちまけたのだった。

ほとんど前代未聞の開始ページである。雑誌のこんな楽屋話をさらすマンガを載せるわけにいかない。

またこんなページをどう処理したらよいか、上司に相談できるものでもない。鬼の山本編集長なら、「どうしてこんな原稿をヘイヘイともらって来たんだ、このバカヤロー！」と怒鳴りまくるに違いない。

寝不足で疲労困憊しきった表情の都築を見ながら思案投げ首だった太田は、「よし。じゃあこうしよう」と口を開いた。

「以前、月初めの発売号で連載マンガに付けていた『今までのお話／登場人物紹介』の版下をすぐに捜せ。それを使って、『異国日記』の『今までのお話……』欄を大急ぎで作るんだ。写植屋さんにそれを持っていって新しく作成し、製版所でマンガ原稿と一緒に版を作ってもらえ」

「え？　この一ページ目はそのまま製版するんですか？」

「ああ。できた版を印刷所に持っていったら、問題の恥さらしの絵の部分を切り取って捨て、『今までのお話……』をページの下部にはめ込むように指示するんだよ。四分の一ページの大きさだから、上のマンガとはちょっと隙間が生じるけど、まぁ何とか我慢できるレイアウトだろう」


その日の夜遅く、先に『風木《かぜき》』の版を持って印刷所に行った太田が、鉛版校正という最終校正も済ませて印刷所を出ようとすると、『異国日記』の版を持った都築の乗るタクシーが到着したところだった。

「完璧でした、太田さん。絵の部分と『今までのお話／登場人物紹介』との間が空きすぎておかしいけど、武居さんも山本さんも何も言いませんでした」

と都築は太田に感謝した。

変な一ページ目を見た武居副編集長も山本編集長も、何かあったのかと訝《いぶか》ったに違いないが、そんなことを詮索《せんさく》している時間はなかったのだった。

5

マンガ雑誌にはマンガ家を志す人たちが作品を投稿する欄が設けられている。投稿された作品について誌上で編集部が批評をし、年に一度新人賞を発表したりしてプロ作家への足掛かりを与える場である。

これを「週刊少女コミック」では「少コミまんが研究生」と称して、新人マンガ家の育成を図っていた。入社四年目となった今年の春、すっかり編集部の中堅となった太田はこの「少コミまんが研究生」を担当することになった。

二か月前、学校が夏休みに入ったころ、一人の女性が会社に原稿を持ち込んできた。ロビー受付からその連絡を受けた太田が面会して読んでみると、ほとんど完成したプロ並みの絵で驚いた。いま東京芸大に在学中だというのでさらに驚いた。芸大出身の少女マンガ家など見たこともない。

高い偏差値と面白いマンガを産み出す能力とはなんの関係もない。それは太田がこの世界に入った三年間の経験でわかっていた。だが小学校時から受験競争にもまれ続けてきた太田には、ついそんな感服をしてしまう偏見が残っていた。

そんな目でも見られていたことを知らず、彼女はその後、下絵とセリフの入ったネームの段階から太田の指導を受けるようになり、作品を二つ完成させた。よくできたほうを太田が「少コミまんが研究生」新人賞に応募することを勧めたところ、みごと受賞できた。受賞作品が本誌に掲載されるとき、彼女はペンネームを麻原《まはら》いつみと名乗った。

竹宮恵子の担当になったころ、太田は本誌に作品が常時載る作家を五人抱えていたが、そこに麻原が加わった。麻原の受賞第一作となる読み切り作品には三十ページも与えられた。編集部の期待のほどがわかるボリュームだ。

竹宮の原稿遅れを取り戻すことと、麻原の読み切りを文句を言わせない出来栄えのものにしてその文運を軌道に載せること、これが太田の目下の急務となった。

二年前の一九七六年から連載が始まった『風と木の詩』、略して『風木《かぜき》』は、フランスのアルルにある寄宿学校を舞台に、少年同士の性愛がこれでもかというほど赤裸々に繰り広げられる物語だ。

一九六九年、徳島大学に入学した竹宮は、増山法恵から教わった稲垣足穂の『少年愛の美学』に強い刺激を受けて、少年愛を少女マンガで描くことを思い立った。

当時、十代の読者相手のマンガ雑誌で男と女が裸でもつれあう絵を載せるというのはとんでもないことだったが、少年同士ならば世間はそれほど目くじらを立てないのではないかと竹宮は予想した。何せ中古の昔からつい先の江戸時代まで、男色、衆道には理解のある我が国である。

しかし、その後の五年間、竹宮がもくろむ少年愛のマンガを、小学館はもちろんのこと、講談社、集英社のいくつもの雑誌にもちかけたが、どこでも門前払いだった。そのころ少女マンガ雑誌の編集者はほとんど男性が占めていて、彼らのセクシュアリティはまず百％ヘテロ（異性愛者）であり、同性愛に対して偏見しかなかった。

もちろん戦前から婦女子向けの雑誌でＳ（シスター）物が人気を得ていたことは、彼らも知識としてわきまえている。しかしあれは女性同士で交わされるものであり、真正レズビアンの吉屋信子の書く物はともかく、実は異性間で交わされるべきものの代替物であったのではないかと彼らは見なしていた。

ましてや少年同士の性愛と聞いてもさらに興味・関心は湧かず、そのようなものを少女を読者とする雑誌に載せることにどんな意味があるのか理解の埒《らち》外であった。

また当時、六〇年代から欧米に沸き起こった性の解放ムーブメントは日本にも伝播していたが、同時にそれは保守層の猛烈な反発も招いていた。雑誌での性表現は東京などではＰＴＡを中心に「悪質図書」呼ばわりされ、書店から撤去する運動が展開されたほどだった。

　こんな時、子ども向けの本で地歩を築いてきた出版社がそんな物を売ったりすれば、社長が桜田門に呼びだされた時代である。たとえ少年同士とはいえ、その性愛の絵を誌面に展開することに編集者は恐れをなしていたのだった。

　そこで竹宮は、この窮地から脱出して念願の少年愛のマンガを始めるためには、まず己の作家としての評価を確立させることが先決だと思い立った。『風木』の構想を練り続けるかたわらで、雑誌に発表できる作品には全力を注いで評判を高め、出版社に自己の力量を無視できないものにしてしまおうとしたのである。


　一九七四年、「ビッグコミック」から「週刊少女コミック」に異動してきた毛利和夫は、竹宮恵子を担当することになった。

　折しも「少女コミック」は、創刊されてから五年を経ても、先発した「マーガレット」「少女フレンド」に追いつけない状況を脱却しようと、さまざまな試みを敢行していた。毛利のような青年マンガ誌や少年マンガ誌の編集者を加えて、手塚治虫や石森章太郎、横山光輝など、青年・少年マンガのヒット作をものしてきた大家に描いてもらい、誌面に新風を吹き込もうとしたのもその一環だ。

しかし大家とはいえ男性マンガ家の描く少女マンガはいっこうに少女読者の人気を得ることができなかった。「少女コミック」で楳図かずお描く恐怖マンガ『洗礼』の連載を起こした毛利も、いろいろな企てが本誌で奏功しないことに懊悩していた。

そんなとき新しく竹宮を担当することになり、この五歳下の進境著しいマンガ家が少年愛をテーマとする作品を書きたがっているのを知った。

毛利は一度、当時の男性があたりまえのように利用していたソープ店に、彼も足を運んだことがあるのを知られることがあった。口数が多い男ではないので、編集部ではムッツリ助平転じてムッツリ・モーリとからかわれたりした。

つまりはれっきとしたヘテロ男であり、同性愛というのは時たま誘われて飲みに行く新宿二丁目のゲイバーで話のネタにする以上のものではなかった。

だが多年の編集経験から、画期的なヒット作というのはそれまでの常識外のものから生まれることに毛利は気づいていた。発表をかきくどく竹宮の熱意に接するうちに、自分にはとんと理解の及ばぬ少年愛が、もしかしたら誌面にセンセーションを巻き起こして、話題を呼びよせるかもしれないと思い始めた。

そこで毛利は、編集部で検討を重ね、ためらう上司の翻意をうながし、二年をかけてとうとう『風木』の新連載を実現させたのである。

6

『風木』の連載が開始されたのが一九七六年一月発売の「週刊少女コミック」第十号。いきなり全裸の少年二人がベッドで性交する場面が描かれる。この二人の片割れ、美少年ジルベールが奔放な性生活を繰り広げている南フランスの男子寄宿学校に、主人公のセルジュが転校してくるや、ジルベールと同部屋となったところから話は始まった。

連載第二回目となる翌週十一号の校了が終わり、その一週間後、新入部員だった太田は印刷所からゲラ刷りの袋を受け取った。

印刷の出来具合を確認しながらページを繰ってみると、『風木』のページを見て仰天した。校了時に『風木』の扉ページにあった「新連載大反響！ 少年たちの性愛を赤裸々に描く衝撃作！」という惹句から、「性」と「赤裸々に」という文字が削り取られて、妙な空白を持った一行となっていたのである。

先週の校了時、下から回されてきた校了台紙を見た当時の編集長の飯田吉明は、この新連載が「性」を前面に出してうたうことに躊躇して、この五文字を版から削るよう印刷所に指示したのである。自分の編集する雑誌が「性」描写で話題になることを忌避したのだろう。

実際、連載が始まった当初、『風木』について抗議する電話がいくつもあった。学年別学習雑誌で健全なイメージを持たれる小学館ともあろうものが、こんなふしだらなマンガをどうして載せるのかというのである。もううちの娘に「少女コミック」は買わせない、と憤激するハガキを太田も目にした。

抗議の電話に対して、飯田編集長は、これは人間にとって性とは何かを真正面から問う作品であって、表面的に絵だけ見て判断せずに、中身を読み込んでほしい、と律儀に答えていた。折しも数年前から性教育が正面から議論され、ブームになっていた頃でもある。ところがこの騒ぎ、一月もすると電話はぴたりと来なくなった。恐れていた新聞やテレビでやり玉にあげられる事態も生じなかった。

これには太田も安堵したのだが、その一方で肩透かしをくらったような意外感も覚えた。若く無責任な立場だったから、今でいう炎上商法を念じていたのだろうか。

その二年後、連載の続く『風木』の担当を引き継いだ太田のまず果たすべきことは、原稿の上がりを早めることだ。作品の中身を充実させることよりも、原稿落チを避けるのが仕事だということに太田はげんなりしながら、できたばかりの『風木』の一部刷り（本誌からその作品だけを抜いたもの）を持って、上井草にある竹宮の自宅を訪れた。

子爵家のセルジュの屋敷のような優に二メートル半はある高い鉄の門扉を抜けると、玄関口までの右横には、小住宅が立てられそうな広さの庭がある。往年のフランス映画で見るような広壮瀟洒な洋館だ。

それなのに、通された二階の部屋では、なぜか床に敷かれた座布団に座らされて、太田は竹宮に対峙した。

次回の内容を今すぐにでも固めたい太田が、「セルジュは音楽家の亡き父のあとを追うかのようにピアノの練習に励むようになりましたね。で、この後の展開は？」と尋ねると、

「学院の支配者のオーギュストがセルジュに接近してきて、それを知ったジルベールが嫉妬に燃えます」

とだけ竹宮は答えた。溜まった疲労が抜けないのか、それともまだよく知らない太田という編集者を警戒しているのか、口が重い。

「ジルベールの乱行はますますひどくなる、と……」

「ええ。おかげでセルジュの生活もかき乱されます」

「はあ。で、もう次回のネーム（台詞）に着手されている？」

「いえそれにはまだ……。それに今度は『地球《テラ》へ……』の原稿もありますし」

そうだった。月刊の「マンガ少年」に載る『テラ』の締切もあったのだ。こんな自宅でくつろいでいられても困るときなのだ。

しかしまだ竹宮という作家の人物像がつかめていない太田には、締切に向かって彼女をどう追いこんでいけばよいのかわからなかった。また、『風木』のテーマは少年愛だというが、女性である竹宮がどうしてホモセクシュアルに強い関心を抱くのか、そもそもの肝心なところが太田にはまだ理解できていなかった。

竹宮が影響を受けたという稲垣足穂の『少年愛の美学』は、少年愛つまりA感覚こそが性の基部であり、人間存在そのものですらあると、百万言を費やして主張する。

太田は学生時代、映画に感心したものの原作本が入手できなかった野坂昭如の『エロ事師たち』を読みたいがために、學藝書林が刊行していた「全集・現代文学の発見」の第九巻「性の追求」一冊を買ったのだが、その中でこの足穂の存在を知った。

七〇年に特異な自殺をしたばかりの三島由紀夫が、かつて激賞した足穂という現代文学の極北。『少年愛の美学』での足穂の森羅万象に分け入る猛烈な筆致は、太田には天下の奇書としか思えない代物であったが、ペデラスト（同性愛者）として生きる彼が、偏見に抗して己の存在を懸けた必死の論証だと思えばうなずけないでもなかった。

それにしてもなぜ、竹宮がこの書に影響されて少年愛につよく惹かれるようになったのか。

本当は同性愛というよりも、性（セックス）そのものに竹宮は興味を覚えているのではないか。

もしもセックスに対する強い興味・関心というのであれば、二十七歳の太田には納得できる。毛利どころではない性欲の横溢に日頃悩まされている。先ごろ報じられたノーマン・メイラーの新作小説が『性の囚人』というタイトルだったので、太田は人間の本質をそのように言い表すメイラーにいたく共感したところでもあった。

しかし、竹宮という同年齢の女性と相対してセックス論議をすることには、太田はどうしても腰が引け、身構えてしまいがちである。

担当することになったマンガ作品のテーマを深化させるからだと自分に言い聞かせて、性について直截的に議論を戦わせようとしても、己の内面の恥部を感知されずに話せるような会話技術を持ち合わせていなかった。

そんなわけで、次週の『風木』のストーリーを固めて、竹宮がすぐさま作画に取り掛かれるようにうまく話をもっていくことができない。

仕方がないので本誌や他誌で話題のマンガに話をふってみたり、たまたまこの日、編集部に出入りする書店から太田に届けられ、いまバッグに入っている『武田泰淳全集』の新刊について話したりした。

だが同年の作家が相手だからといって、気取るのもいい加減にしたほうがよいだろう。武田泰淳を話題にするなんて衒《てら》いもいいところだ。もっとも竹宮はとんと興味がないようだったが。

もう話の接ぎ穂を見つけられずお手上げである。竹宮を仕事場に追いたてる術《すべ》の見つからない太田は、ではくれぐれもよろしくお願いしますと言って立ちあがり、そそくさと竹宮邸から退散したのだった。

7

翌週、校了日を迎えたが、『風木』は抜き校了だった。

この号では件の新人作家、麻原いつみの新人賞受賞第一作もあった。その読み切り三十ページの校了紙を読みながら、武居副編集長がグフフッと例の独特の笑い声をもらしていた。麻原の学園ラブコメディーが時折はなつギャグが新鮮だったのだ。

校了日の二日目、竹宮に電話をすると、ネーム（台詞）を渡せそうだという。太田はトラプロに急いだ。

原稿を預かり、下井草駅の北口にある文房具店にコピーをしに行くと、休業日だった。あせって商店街を駆けずり回っていると、小さな不動産屋のガラスドアに「コピーできます」という貼り紙があった。

中に入って、コピー機を使っていると、若い男の社員が、「あれ？　それってベルサイユの何とかというマンガじゃないすか」と話しかけてきた。男には『風木』の絵が『ベルばら』（ベルサイユのばら）と区別できないようだ。

マンガが大好きだという青年だが、少女マンガに対して世間の認識はその程度なのか。そんな原稿を獲得するのに汗みずくになって走り回る毎日って何だろう、と太田はすこし落胆を覚えた。

しかし、下校後、小学館を訪れて編集部に見学に来る少女読者に、太田がマンガの原画を見せたとき、彼女たちが発する歓声を思い起こす。昔の自身がそうだった、マンガ雑誌の発売日に本屋に駆けつけるファン——彼らに対する使命感に思い至って、太田は気を取り直す。読者の存在はオレの給料の源泉なのだし。手は抜けない。

トラプロにもどり、竹宮に原稿を渡しながら、「最後の二ページが真っ白なのですが、

ネームは入らないのですか？」と尋ねると、

「実はラストの引きがまだちょっと固まっていないので……」と言いよどむ。

それを待っている時間はない。会社に引き返してネームを写植所に手配しなくてはならなかった。今夜は太田が他に受け持つ作品の校了もしなければならない。

翌日の午後、写植所から届けられた写植を校正してから、トラプロに向かった。

もう今日からは原稿を分割して受け取り、順次、製版所に放り込んでいくよう編集長の山本から言われていた。『風木』だけのために機械を夜九時、十時まで待たせるわけにはいかねえと製版所から言われたぞ、と付け加えられた。


トラプロに着くと、見慣れぬ男が居た。太田を見ると、

「太田さんですか。朝日ソノラマの松岡です」

と声をかけてきた。『地球《テラ》へ……』の担当者だった。

四角い顔をして、太田より二、三歳上に見える。松岡は、

「太田さん。ちょっと相談があるのですが。あ、増山さんも」

と言って、太田と増山を奥の部屋に招き入れた。

三人で円座にすわると、松岡は、

「太田さん。今月はうちの発売日の前に三連休が入り、『テラ』の校了もずいぶん早まるんです。印刷と配本のことを考えると、竹宮さんに、今週の『風木』よりも先にうちの原稿をあげてもらいたいんですが、どうでしょう、よろしくお願いします」

と言って、太田と増山の顔をうかがう。

冗談じゃない。順調に編集部の校了日に間に合っているのならばそれでいいだろうが、『風木』は先週も四日遅れの原稿オチぎりぎりだった。

「とんでもないです。もう『風木』は二日ずれこんでます。もはや発売日の順は関係ありません。だいたい週刊誌の連載が青息吐息をしているところに割り込んできて、そのうえ長期連載化を進めるなんて、朝日ソノラマさん、いったい何を考えているんですか」

太田は、作家が仕上げるのを待つことしかできない同病あい憐れむべき稼業の者を相手に、己の都合ばかりを言いつのった。

そんな自分に気づいて、内心恥ずかしくなってもきたが、それがまた感情を逆なでする。目を丸くした松岡が、「えーとそれはどういうことで……」と言いよどむ顔を見ているうちに、

「だいたいうちの締切日もそちらの締切日も、ずっと前からわかってることじゃないっすか。それを見越して竹宮さんを追い込む態勢を作ってこなきゃアカンのに、いったい松岡

さん、今日まで何をボヤボヤしていたんすかっ」

いなか訛りの舌鋒が止まらなくなった。はなから相談を受けつけようともしない太田の剣幕に、松岡は唖然とするばかりだった。

この半月、竹宮にへばりついていた太田は、松岡の顔を見るのが今日初めてであることが納得できなかった。三年前の新入社員の時に手塚治虫を担当して以来、遅筆作家の原稿取りの極意は、作家にしがみついて離さないことだと信じてしまっているのだ。

その意味では、松岡は、手塚プロで見たあの講談社の『三つ目がとおる』の担当者と似ていた。新人の太田や『ブラック・ジャック』担当の青木が手塚治虫に終日へばりついているのに、あの男はそういうことをほとんどしなかった。

松岡は太田のようにすぐに感情を激する性格ではないようだ。終始、柔和な話し方をするので、短気な太田もこれはちょっと言いすぎたかなとひるませてしまう圧力を放っている。

こういう穏やかな人間相手の原稿の争奪戦では、これはもう彼をいっさい無視してことを進めるのが一番だと太田は思った。親交を深めたりしたら、気の弱い太田は相手に同情して譲歩してしまい、その結果、自分の首を絞めることになるのだから。

夕方になると、いつの間にか松岡は姿を消していた。講談社の手塚番と同じだ。

しかしあの講談社男は、それでも『三つ目がとおる』の原稿を落とすことなどしなかったな。これは松岡という男も油断がならないかもしれないぞ、と太田は気を引き締めるのだった。

8

トラプロの籠城二日目。アシスタントも三人揃って、原稿に向かっている。しかし竹宮の顔色がよくない。妙に白く、小さく咳もする。

風邪の引き始めのようで、増山が薬を飲ませるようになった。だが寝込んでいる場合ではないことは承知していて、増山も太田の顔を見ると何か言いたそうだが、黙って神妙にしている。

三日目の朝、隣の和室で待つ太田にご飯とみそ汁の朝食を持ってきた増山に対して、

「今日、原稿を半分だけでも会社に持っていきたいので、仕上がりページも並行して描き進めてほしいんですが」

太田が伝えると、増山はうなずいて竹宮の許に行った。

午後三時、太田がトイレを借りようとして、そっとドアを開けて仕事部屋の竹宮の横を通ると、竹宮はさっと画稿を一枚隠した。こっそりと『テラ』を描いていたようだ。げっ、これは……と太田は裏切られた気持ちになったが、文句を言って騒ぎを起こすのも時間がもったいない気がして、何も言わなかった。

武士の情けをわかってくれたかな。温情を察してこちらに肩入れしてくれるだろうか、と仕事部屋のすぐ横にあるトイレで、音が聞こえぬように注意を払いながら小用をした。用を済ませて部屋に戻る途次、そ知らぬ顔で『風木』の原稿を描いている竹宮に、「あと一時間で何ページ仕上がりそうですか」と尋ねると、合計で八ページは渡せそうだと答えてきた。ちょうど半分だ。

四時過ぎまで隣室でじりじりしながら待っていた太田が、仕事部屋に入り、「もう出ないといけないんですが」と伝えると、竹宮は「はい……」と小声で答えるものの、手渡してくれない。

太田はすぐ横にある小机に陣取って、竹宮やアシスタントが描くのを見て待つ。

五時近くになり、「竹宮さん。もうほんとに時間がありませんっ」と語気荒く伝えると、「ええ、もうあとはそのベタ塗りが済めば」と前に座るアシスタントの原稿を指す。

今回初めて見る顔のアシスタントのすぐ横でやきもきしながら待っていると、「ああん、太田さんが横に立っていると、あせってベタがうまく塗れませんっ！」と悲鳴をあげた。

五時を回った。太田は八ページだけ原稿を受け取って会社に向かった。製版所にそれを届けると、またトラプロにとんぼ返りした。

9

籠城四日目。もう今日が限界だ。今夜製版して印刷所に届けないと落ちてしまう。入社して四年目になるが、太田はまだ原稿を落とした経験がない。

最後のページに入るネーム（台詞）も、すでに電話で編集部に送稿したので、写植文字はできているはずだ。残り八ページの原稿上がりをひたすら待つ。

夕方になった。まだ上がらない。五時。六時。太田の焦りはひどくなる。

七時を過ぎると電話が鳴った。出た増山が、「太田さん、電話ですよー」と告げる。太田が受話器を取ると、

「太田。どうだ。江戸製版がいつになるかと矢の催促だぞ」

編集部の山本や武居ではなく、コミック編集部次長の渡辺の声だったので、太田は驚い

た。

「あ、はい。もうすぐです。あと十分で出ます。江戸製版には一時間以内に着きます」

太田の声が仕事部屋に響くが、竹宮もアシスタントも原稿にしがみついて顔をあげない。

八時、また電話が鳴った。今度は太田が受話器をとりあげると、

「オオタ――ッ！　もうだめだっ！　原稿を持って、今すぐそこを出ろ――っ！」

渡辺の怒声が耳に突き刺さった。

アシスタントはもう手を休めている。残る一ページを竹宮が一人抱えているが、真っ白な顔でもうろうとしていて、ペンも動いていない。

それを見た太田は、「竹宮さん。すみません。もうだめです。本当にもうあかんのです」と言って、竹宮の両手の間からその原稿を引き抜いた。竹宮は太田のなすがままで、うつむいて凝然としている。太田は駅に走った。


太田は下井草駅構内に入らず、線路を渡って早稲田通りまで駆けた。タクシーを捕まえて本郷にある江戸製版に直行し、事務室の机を借りて写植文字を原稿に貼った。

最後まで竹宮が抱えていた十ページ目を見ると、上段に、吹き出しの台詞しか描かれていない一コマと、何も描かれていない真っ白な二コマが並んでいた。竹宮がその細長い三

コマに絵を入れられないまま、太田は原稿を持ち去ったのだった。

絵のないコマが並ぶページのあるマンガを、雑誌に載せることはできない。しかしどうしたらよいのか。電話で竹宮に相談できるようなものでは到底ない。そもそも彼女は、人物や物を描けるようなスペースもない、こんな細長くて小さなコマに、いったい何を描こうとしていたのだろうか。時間の経過だけを表すコマなのだろうか。

部屋の隅には江戸製版の高山係長が立っていて、今か今かと待っている。

困惑の極みに陥った太田は焦慮の果てに、ええいままよと、吹き出しに台詞の写植文字を貼ると、吹き出し以外のスペースを墨ベタにする指定を書き込んだ。

次のコマには「……」リーダー線を二行入れて半調アミをかぶせるよう指定し、最後のコマにも「……」リーダー線を一行入れて墨ベタの白抜き文字にするよう指定して、高山に渡した。

十一時をまわったころ、編集部に行くと武居副編集長が待っていた。

出来上がった版の刷り紙を大急ぎで読みはじめる。件の十ページ目で「おやっ」とページをめくる手が止まったようで、太田は一瞬ヒヤリとした。だが武居は何も言わずにそのまま読み進めた。

「はい、お疲れ～っ」と言って太田に刷り紙を戻すと、「ジャンジャンッ」と付け加えた。

武居が話を切り上げる時にかますおふざけの口癖だ。もう今さら、誰も、何も、できないのであった。

10

翌日の土曜日、太田が竹宮に電話をすると、自宅で寝こんでいるとかすれた声で言う。完全に風邪にやられたらしい。

しかしこのままダウンされては困るので、太田は彼女を医者の許に連れていこうと考えた。市販の風邪薬よりも医者の注射と処方薬のほうが早く風邪を退治できると思ったのだ。

月曜日早朝、自宅から上井草の竹宮邸に直行すると、医院行きを承諾した竹宮は、かかりつけの内科医院があるのでそこで診てもらいたいと言う。

太田が邸前の通りでなんとか流しのタクシーを捕まえ、竹宮と乗り込むと、上井草駅まで行ってほしいと竹宮は運転手に伝えた。なんだ、すぐそこだった。一分もかからずに医院に着いた。

診察を終えて医院を出ると、竹宮は太田に「これを山本さんに見せてください」と言って、一枚の紙を手渡した。医者の診断証明書だった。

「後で私から山本さんに電話します」

竹宮は小さな声で付け加えた。

これは、病気のため次回は休載したいと、編集長の山本に願い出ようというのだろうか。この証明書でそんなことを山本は承知するだろうか。判断のできない太田は、「はあ」とだけ答えて竹宮の憔悴《しょうすい》した顔をうかがい見るのだった。


会社に行った太田が診断証明書を見せると、山本は「ふーん」とだけ言って受け取った。

その夜、練馬に住むたちいりハルコから連載原稿を受け取った太田が会社に戻ると、山本は編集部に居たが、何も太田に言ってこなかった。

竹宮は電話してこなかったのだろうか。電話を受けたが、山本は休載を突っぱねたのだろうか。山本に尋ねて、今回の事態の究明から責任問題に話が及び、彼から叱りとばされたりするのも恐ろしい。太田は黙したまま、自分の机に座って煩悶するばかりだった。

やがて山本がいつものように新宿界隈に飲みに出かけたのを見て、太田は竹宮に電話してみた。しかし電話には誰も出てこなかった。

翌火曜日の朝、やはり電話に出ない竹宮のことが心配になった太田は、自宅からタクシーで竹宮邸に直行した。門扉をあけ、玄関で呼び鈴を鳴らすが、誰も出てこなかった。会社に行った太田が、竹宮のことを把握できたのは昼過ぎだった。マネージャーの増山から電話が来て、竹宮は阿佐ヶ谷の河北《かわきた》病院に入院したと伝えられたのだ。太田がすぐさま河北病院に赴くと、竹宮の病室の前に増山が居た。昨夜、竹宮は自分で救急車を呼び、病院に運び込まれたと増山は説明した。肺炎になったという。

万事休すと思った太田は、会社に戻って山本に竹宮の様子を話した。しかし、山本はもう少し待てと言う。二、三日で治るかもしれないと思っているらしい。

本当に鬼だ、と太田は思った。

今日は通常の校了日だ。万が一、竹宮が明日にでも快復できたとしても、それから描き始めて、どうして掛け値なしに限界である金曜日の下版に間に合わせられるのだろうか。じりじりと原稿を待つ俺の頭は割れてしまうのではないか。

山本にもっと現実を直視してほしいと思うのだが、担当者の口から休載を申し出るようなことは、あってはならないことのように太田には思える。鬼瓦のようないかつい山本の顔は、部下にそんなことを言わせない圧力を放射している。撃ちてし止まん、いや、倒れて後《のち》やむ、か。太田は頭を抱えるしかなかった。

結局、この週の『風と木の詩』は休載の羽目になった。竹宮は木曜日まで退院できなかったのだ。

空いた十六ページは、昔、竹宮が「別冊少女コミック」に発表した読み切り作品を再録することで埋めた。太田は初めて原稿を落とした。

三年前、手塚プロで原稿を待っているとき、誌面でときおり見かける「作者病気のため休載」というのは、手塚のように多忙なマンガ家が締切に間に合わずに原稿を落としたのを、編集部が言いつくろった文言だと他社の手塚番から聞いたことがある。それが出版界の常識らしい。

今回の『風木』は正真正銘「病気休載」なのだが、その告知文を見た編集者は、「おお、週刊少コミが原稿オチをやらかしたぞ」と思うのだろう。太田は暗然とした。

この『風木』を休載した号が発売された週に、朝日ソノラマの「マンガ少年」十月号も発売されていた。『地球《テラ》へ……』は落ちることなく掲載されていた。太田はあの松岡にしてやられた。

11

『風木』を休載した三十九号の翌週四十号には、三十八号に載った回の話が再掲載された。竹宮が描けなかった三コマのあるページはもちろん加筆されていた。

たまたま太田が春日部に住む中村昭子の家まで原稿を受け取りに行っているときに、竹宮が編集部に山本編集長を訪れてきて、再掲載することを主張したらしい。受け入れられないならば、もう連載は降りるとまで言い出して、大変な剣幕だったぞ、と山本は帰社した太田に渋面で説明した。

あの鬼編集長、山本が押し切られるほど、今や竹宮描く『風木』は雑誌でビッグな存在になっていたのである。

一週休載したことで時間のゆとりが生じたこともあって、その後、『風木』は原稿オチをすることなく連載を続けられた。太田は相変わらず土日もない日々を送っていた。

十月も半ばを過ぎ、秋の涼風が心地よく感じられるようになったころ、デスクの米満《よねみつ》賢剛が太田を夕食に誘ってきた。後輩の都築も同道して、会社近くのうなぎ料理店「大文字」に入った。

酒も入った米満とうなぎ料理の数々を味わっていると、米満が太田に、

「ところで、この間の編集会議で話が出た『秋のジャンボよみきりチャレンジ3』だけど、その中の一人に麻原《まはら》いつみはどうだろう？」

と尋ねてきた。太田は一瞬、驚いたが、

「麻原はついこの間デビューしたばかりだから、ずいぶんな冒険だと思いますけど……、でも若手作家のチャレンジという企画の趣旨からいえば、彼女を入れてもおかしくないですね。じゃあ、さっそく連絡してみましょう」

麻原に期待をかけるところ大の太田が答えると、

「いや、太田くん。実はね、もうそのよみきりの内容はできつつあって、この都築くんが進めているところなんだ」

と米満は酒で顔を赤らめながら言った。太田は耳を疑った。

「えっ、どうして都築なんですか？　麻原の担当は僕なんですが」

太田の問い質しに米満が説明するところでは、この夏、太田が『風木』の原稿取りに忙殺されている間に、都築は麻原いつみと会って打ち合わせを重ねてきたという。

というのも、先日の編集会議で議題として出されるより前に、新人作家に長編よみきり

にチャレンジさせてみようという企画が上層部で出ていることを都築がどこからか聞き及んで、さっそく麻原に連絡したというのだ。

まるで泥棒ネコだ。担当者の目を盗んで、自分が有望だと思う作家と内密に連絡をとるなんて……。絶句して目の前の都築を見た太田の怒りが伝わるのか、都築は目を伏せたまま顔をあげなかった。

二か月前、『異国日記』最終回のトンデモ原稿を持って震えていたとき、太田に助けられたことを都築は忘れたのだろうか。忘恩の徒と言うべき振る舞いではないか。

しかし、「忘恩」? あの時、太田は都築に恩を売ったのか?

以前、大学で学んだマルクス・アウレリウスの言葉を思い出す。このローマの哲人皇帝は、

「とかく人は、他人に善行を施した場合、その恩を返してもらうつもりになるものだ。いや、俺はそんなことを期待していないと思う第二の人も、心ひそかに相手を負債者のように考え、自分のしたことはちゃんと意識しているものだ。だが、第三の人は自分のしたことを意識すらしていないのだ」

と言った。

太田は都築を助けたことを覚えているのだから、ここの「第三の人」、つまり哲人の説くあらまほしき人とはいえまい。

だが恩を返してもらうつもりはまったくない。ということは、ここでいう「第二の人」にあてはまることになる。

「第二の人」であるならば、実は、内心では恩返しを期待しているのだと、哲人皇帝は言う。無意識下のことだから、カウンセリングでも受けない以上、はたしてそうなのかどうか太田にはわからないが、百歩譲って、そうだとしてもよい。

哲人皇帝は続けて、「人は善行を施すと、どうしても見返りを求めてしまう。その期待を裏切られることによって、多くの争いが起きる」と書いていた。

とすると、太田の怒りは恩返しの期待を裏切られたからだということになり、やはり忘恩に対する憤激だったのか。

この太田が仰天し、憤慨するようなことを、新人の都築はなぜしたのだろうか。

恩ということで言えば、都築は太田に恩義を抱かなかったのか。だから泥棒ネコになれたのか。否、彼がそこまで鈍感な男、不人情な人物とは思えない。

それならば、しかと恩を覚えていたものの、それを踏みにじるような動機が都築に生じたのだろうか。

あの『異国日記』最終回の事件の時、太田が都築に手を差し伸べたのは、恩返しの期待があったかどうかはさておいて、言葉にするのは気恥ずかしいが、友愛とでもいうものを彼に対して抱いていたことはたしかだろう。

もしも都築のほうも太田に対して友愛を感じていたのならば、担当する太田の目を盗んで麻原いつみと会ったりすることには躊躇を覚えるだろう。

では、都築は太田に友愛感を抱いていなかったのか。だから太田に隠れて麻原と作品づくりを続けても平気だったのか。

しかし『異国日記』事件の時、他の同僚でなく、先輩の太田に泣きついてきたのは、相談してもはねつけられないだろうという信頼感、つまり友愛感を覚えていたからではないか。

そんな友愛感を抱いている相手、恩義を感じている相手を裏切ってもかまわないと都築に思わせたもの、それはいったい何なのか。

──自己顕示欲、エゴイズムという言葉が太田の脳裏に浮かんできた。

太田は麻原いつみを売れるマンガ作家に育て上げたいと願っていた。それは若い麻原の抱く夢を実現させてあげたいからか。それで雑誌の売上げを伸ばしたいからか。いや、そういうことばかりではないだろう。

それは、ヒット作を出して編集者としての力量を高めたい、否、ありていに言えば敏腕編集者だと人から見なされたいという欲望のなせるわざだろう。つまり自己顕示欲というエゴイズムである。太田は都築の行為の裏にそれを見てしまった。

12

家庭の幸福は諸悪の元、と言ったのは太宰治だ。己の家族の幸せや家庭の安寧を第一に願ってする行いが、他人の不幸を招くことになる、と小説家の犀利な視線は人間社会を裁断した。

そして、勝者が敗者を生み、勝ち上がった自分の幸福が敗れた者の不幸に支えられているというのは、競争原理で動く資本主義社会が辿る道程だ。太田自身も大学時代にそう考えた。

裕福な出自とマルキシズムへの傾倒――太宰が辿った青春時代の軌跡を、四十年後に太田も歩んだ。

太宰の書くものに読みふけった高校、大学時代、太田は平等社会の実現を夢見るようになった。と同時に、中学を出るやそのまま太田の生家の家電販売店に就職してきた幾多の人たちの労働、またおそらく彼らの夢破れた思いの蓄積が、自分の高校、大学生活を支えていたことに思いをめぐらした。六、七〇年代というまだ貧しさが遍在する時代だったとはいえ、太田はやましさに身がすくんだ。

しかし、このやましさにくよくよしている己の姿は、同情されている側の人から見れば、いい気なもんだ、と失笑してしまう思い上がりに映るものでもあった。そのことに太田は気づいたものの、ではどうしたらよいのか。「人民の中へ《ブ・ナロード》！」と、百年前のロシアの青年のように跳躍する勇気は出なかった。

十九世紀、大地主の家に生まれたトルストイが、人道主義を唱えながらも、己の抱える農奴をなかなか解放できなかったことを学生時代の太田が知ったとき、文豪も俺と変わらないのかと失望したことがある。当時のロシアは、農奴を解放したり、彼らに土地を分け与えたりするのは法律違反になったという事情もあったようだが、とはいえ、豊かな生活を享受する自分を否定するのはむずかしいことであった。

エゴイズム——二十代の太田がずっと悩まされていた問題だ。

試験を経て希望する出版社にどうにか就職できた太田は、上昇したいという出世欲を抱くことはなかった。恵まれた環境で育ってきた自分が、社会で上に立つ位置に就くというのは、人の生き方としてずるいのではないかと思ったのだ。

だが、有能だと人から見なされたい気持ちはなかなか捨てることができない。

この自己を飾りたいという欲望はエゴイズムである。太宰治が言うように、それは諸悪の元であるならば、否定されるべきものである。しかし、それがなかなかできない。

今回、裏切られたと太田が怒った都築の行為。その背後に彼の出世欲があるのかどうかはわからない。だが、売れっ子作家を抱える実力編集者として認められたいという自己顕示欲が、彼の心中に潜んでいたのは間違いない。

自己顕示欲……。人間は社会に出ると、自己肯定感をめざして生きようとする。そこにたどり着く前に抱く自己承認欲求が、いまだ満たされない時に生じる欲望——これが自己顕示欲だ。

入社一年目の都築は、まだ編集部内で自分の確たる存在が認められていないために、皆から注目されたいと願う欲求を内心に秘めていたであろう。

二年上の太田も、編集者としての自分にまだ自信を持てないでいる。つまり自己肯定感を得られないでいるのだから、この自己顕示欲というものにとらわれている気がする。

都築が太田の目を盗んでことを進めたところには人格の卑しさが見られるものの、しかし、その動機の根っこにひそむ欲望を、実は太田自身も有している……。そんな事実に思い至って、太田は動揺した。

太田は次の編集会議で都築の泥棒ネコ所業を暴露して、皆の前で糾弾してやろうと憤慨したが、思いとどまった。

考えてみれば、デスクの米満があんな酒席を設けて、麻原の次のよみきりは担当ではない都築が受け持つことを太田に告げたというのも、編集部としては都築の行為を咎めるつもりはないことを示しているのではないか。「これでは担当制というのはいったい何なのか」などと会議で太田に憤懣をぶちまかれても、上層部は困惑するだけかもしれない。

思えば、自己顕示欲を満たすために競うことは、この世を生き抜く者たちが全員参加しているレースである。その競いの場で、お互いの間に生じている信頼や友情にそむく行為が起きた場合、それは人間にはありがちなことだと許すべきものなのかもしれない。

武士の情けというのは、こんな時に言うものなのか。人生の先輩として、ここは寛容を示すところなのかと思い至るものの、太田はなかなかそれができないまま悶々とするのだった。

その後、麻原のジャンボよみきり作品は、都築が見守る中で無事できあがり、以後、彼女の担当者はなし崩し的に都築になってしまった。太田はそれに対して、麻原の担当は俺なんだと主張するのは見苦しく思えて、黙って見過ごした。

13

「太田、これ見たか？」

秋も深まった十一月の朝、太田の顔の前に辻本が雑誌を突き出した。みのり書房がこの夏に創刊した月刊マンガ雑誌『Peke』の最新十二月号だ。

辻本が指す「まんが情報」という活字ページを読んだ太田は目を剝《む》いた。「週刊少女コミック」四十号で二号前の『風と木の詩』が再掲載されたことをとりあげ、〈未完成原稿を置いておいたら、編集者がそのまま持って行って印刷所に入れてしまった。これについて竹宮恵子と編集者との間でひと悶着あって、あのY編集長が謝罪するはめになり、再掲載に至ったらしい〉

と書かれてあった。

すぐさま太田はみのり書房に電話を入れた。編集長だという氏家が出たので、

「この記事はでたらめです。こんな見てきたような嘘がどうして載っているんですか」

まずは冷静に問いただすと、

「いいえ、ちゃんと取材した事実を書いたものです」

少し緊張した声で答えてきた。

「この勝手に『持って行っ』たという編集者は、このわたし、太田です。だけどわたしはそちらの取材を受けた覚えはまったくありませんっ。当事者の言い分も聞かずに書くなんて、それがどうして事実だと言えるんだっ！」

カッとなった太田は叫んだ。

「でも、その場にいたアシスタントさんたちの証言があります」

「それが一方的だというんだ！　事件のウラを俺からとってないくせにっ！」

氏家は答えない。鼻息しか聞こえない。初めて名を聞く出版社だ。編集長といっても太田とさほど年は変わらないと思われる声だ。

「次の号で謝罪と訂正を載せろっ！　さもないとこちらにも考えがある。出る所に出てやる！」

と、「考え」もなければ「出る所に出」る方法も知らないが、興奮のあまり自分でも思いもよらぬ啖呵《たんか》を切って、太田は電話を叩っ切った。

あのとき太田は、竹宮の横に積まれていた完成原稿を袋に入れるや、朦朧《もうろう》然としていた彼女の手元にある最後の一枚を抜きとって、トラプロを飛び出した。彼女に一言声をかけたのだから、〈置いておいた〉〈未完成原稿〉を〈そのまま持って行っ〉たのではない。

だが、氏家との電話でつい憤激したのも、一枚の原稿については、竹宮の意識はどこやらにふっとんでいて、記事は事実とまったく違うとは言い切れないかもしれないからである。

氏家なる人物は、訴えてやるという太田の脅し文句が、指された図星に逆上して吐かれたものにすぎないことに感づかないお人好しで、本当に裁判沙汰になると思ったのか、翌月、『Peke』は謝罪文を小さく載せた。

文末に〈それにしても同じ話がどうして二度載ったのか、結局よくわからない……〉という捨て台詞が付けられていたのが気になったが、小学館まで話を聞きに来ることがなかったので、太田は胸をなでおろした。もしも来られたら、「倍返し」されるところだった。

14

太田が『風木』の担当となった年も明け、一九七九年に入った。

竹宮の担当は二年目に入ると原稿取りの塩梅もつかめ、毎回、原稿オチの危殆すれすれのところながらも連載を続けることができた。

ちょうどこの頃は全八章の内、第六章「陽炎」が佳境に入っていた。主人公セルジュは音楽家への道を断念させられ、愛するジルベールを叔父で学院の支配者のオーギュストに奪還されそうになる。セルジュ自身もオーギュストの魔手にかかってしまう。

続く章で、二人は窮地を脱してパリに逃れる。困窮に苦闘するセルジュは、二人の愛の生活が深まる中で音楽への活路を見出していくのだが、美の化身ジルベールは魔都の闇につかまり、思わぬ事故で生を絶たれる悲劇を迎えることになる。

『風木』は、少年愛という、当時の人心の目を奪うテーマを取りこんで、人が青春期にぶつかる性と愛の煩悶を探るマンガである。貴族の父とジプシーの母という異端の出自をもつ少年が、美を体現する少年と出会って、彼に翻弄されながら人生と芸術の真実を発見するビルドゥングスロマン（教養小説）だ。

美少年ジルベール――まことに彼はセルジュの青春を激しく鳴らす風なのであった。
この古典的といえる骨格をもつ物語を、竹宮は、コマ割りをはずして描く少女マンガ特有の表現を駆使して、流麗な筆致で展開した。ダイナミックな画調と少年愛というテーマは、一九七〇年代の少女読者を相手とするマンガとしては画期的な作品となった。

少女コミック編集部に配属されて五年経ち、太田はすっかり中堅部員となっていた。十月に入り、山本順也に代わり新しく編集長となった浅見勇は、多忙極まる太田を見て、『風木』の担当を若手部員に替えることにした。後任にはあの二年後輩の都築が配された。

翌一九八〇年の一月、『風と木の詩』に七九年度の小学館漫画賞が授与されることがマスコミでも報じられた。萩尾望都が『ポーの一族』で受賞したのが一九七五年。萩尾をライバル視する竹宮は、あえぎぬいて描き続けた連載でとうとう肩を並べたのだった。

三月三日。『風木』の漫画賞受賞記念パーティーが神田一ッ橋の如水会館で催された。竹宮がぞっこんの詩人・劇作家で、親交を深めていた寺山修司が来賓のトップとして挨拶のスピーチに立った。

「今ごろ、『風と木の詩』に漫画賞を与えるなんて、ダイ出版社ショウ学館の目は節穴に違いないね」と最初にかまして、場内の笑いを呼んだ。

寺山はノーネクタイの背広姿であったが、足元を見るとサンダル履きだったのがおかしかった。十代の頃から彼の奇矯な発言に親しんでいた太田には、さもありなんという格好ではあった。

太田が寺山を知ったのは、昔、学研が出す中・高校生向けの学年別学習誌の文芸投稿欄を彼が担当していたからだ。毎月、十代読者が寄せる詩や俳句、短歌を論評する彼の言葉は、太田が学校の国語教師から聞くものとは全く違う新鮮な響きに満ちていた。

高校に入り、発売された『書を捨てよ町に出よう』を読むと、彼が万巻の書を読破した果てに己の可能性を身体表現に見出そうとして、劇団を創設したことがわかった。

続いて『誰か故郷を想はざる』を読んで、北国で育った男の暗い情念とユーモアを楽しんだが、彼の故郷と母親に対する執拗な憎悪の所以《ゆえん》がわからなかった。彼が、九州で働く母親と遠く離れた青森でさびしい少年時を過ごしたことを知ったのはずっと後年だった。

太田はまた、ラジオから流れる寺山が作詞したフォーリーブスの曲『涙のオルフェ』を聴きながら朝食をとっていたことを思い出す。受験指導に血道をあげる呪わしい岡崎高校への坂道を、毎朝、重い足取りで登った高二の春だった。

翌年は、寺山が羽仁進と組んで作った映画『初恋・地獄篇』を受験勉強の合間を縫って見に行った。

主人公のシュンは幼時、継父に悪戯《いたずら》された過去を持つ少年。結ばれることのかなった少女との逢瀬に向かう途次、ひょんなことから命を落とす。十代の二人の愛と性の無慈悲な結末に驚愕して、太田は友人を引き連れてまた見に行ったものだった。

父親との近親相姦といい、思いがけない死といい、寺山が青春の愛と性の葛藤を無残な目に遭わせるのは、『風と木の詩』と同様ではないか。

そんな作品を書いた二人の作家が、太田のすぐ目の前にいる。あの寺山修司と文字通り謦咳《けいがい》に接して、何とも言いようのない感慨にとらわれるのは、大変な思いを味わわされながらも、『風木』の連載を続けられたからこその報奨かもしれない。

スピーチが終わると、竹宮が寺山の許に駆け寄った。二人が並ぶところを写真のフラッシュがいくつも焚《た》かれた。その竹宮の横にはいつの間にか新担当の都築が立っていて、得意げな笑みを写真に撮られていた。

太田　隆二（おおた　りゅうじ）

1950年、愛知県岡崎市の家電販売店「電波堂」に生まれる。1975年、京都大学卒業後、小学館に入社し、少女マンガ誌、教育技術誌、日本古典文学全集等の編集に携わる。2008年、早期退職して隠遁生活に。

手塚治虫を追え！

2023年12月13日　初版第1刷発行

著　　者　太田隆二
発 行 者　中田典昭
発 行 所　東京図書出版
発行発売　株式会社 リフレ出版
〒112-0001　東京都文京区白山 5-4-1-2F
電話 (03)6772-7906　FAX 0120-41-8080
印　　刷　株式会社 ブレイン

ISBN978-4-86641-698-4 C0093
Printed in Japan 2023
表4イラスト ©Haruko Tachiiri